百年中国新诗编年

第六分册

1966-1976

主编：张清华　　分册主编：王士强

山东文艺出版社

序

王士强

　　1966—1976 年是中国当代历史中一个极为特殊的时段。从国际方面看，美苏及两个阵营的冷战进入了白热化境地，而中国则处在与"两霸"同时交恶的危险之中。尽管在进入七十年代之后，中美关系开始走向缓和，但总体外部环境一直处于困难之中；从内部看，"以阶级斗争为纲"的政治路线，使得经济和文化的发展长期受到阻滞，而历时十年的"文化大革命"，更是给社会造成了严重的破坏。

　　在此情形下，当代诗歌的格局就出现了互相割裂的三个板块。首先是以"战歌"为标志的公开诗坛，包括了强调为无产阶级政治服务的部分，以及稍显中和的边缘地带；其次是处于地下或者"潜流"状态的个体性的自发写作，这些作品中质量比较高的部分，带有了早期的反思现实与思想启蒙的主题，在艺术上也具有现代主义的探索性质；最后是分割于海外的台港澳诗歌，大致前承五六十年代的现代诗运动与稍后的乡土诗写作的部分。三个板块从写作属性上看，几乎是互相隔绝的，但却形成了奇特的景观与构造，支撑起这个艰难时代中国当代诗歌的特殊格局。

　　由于众所周知的原因，此时政治抒情诗几乎成了公开诗坛唯一可见的诗歌样态。理念先行、昂扬的政治激情、高亢的语调、模式化的象征是这些诗歌的基本特征。诗歌的主体性几乎不复存在，而更多的是配合政治任务，标定目标和形势。总体而言，是"政治"大于"诗"的。当然，在这样的限度之下，也有顽强的写作者，试图在诗歌中融入少许的个体感受，追求视角和表达的变化。本卷所选诗人诗作中，除贺敬之、张永枚、李瑛、雁翼等这些有很高地位的诗人之外，稍年轻一代的写作者如李发模、李学鳌、叶文福、雷抒雁、韩作荣、程步涛等人的作品较为引人瞩目。从他们身上，可大致窥见"公开诗坛"的基本面貌。

显然，更具有历史和认识价值的作品，是在上述写作之外的部分，他们可以作为这个年代的文化样本，甚至是精神化石，以"奇葩"的形式，记录着这个时期中国人特殊的思想方式与精神处境。比如流传甚广的"红卫兵诗歌"中的一些篇章：依群（齐云）的《巴黎公社》，佚名作者的《放开我，妈妈》和《献给第三次世界大战的英雄》等，它们所表现的那些革命的想象，乃至赤诚的疯狂，在今天看来依然有着可以追问和感怀的意义，有着用理性和常识无法解释的内容，我们无法忽略它们对于这个年代的标记性的符号意义。此外，还有那些表达对领袖人物的热爱与膜拜的诗歌、"小靳庄诗歌"、表达对现实不满的"天安门诗歌运动"中的诗歌等，也都属于可以"在历史中刻下痕迹"的写作。如果按照政治化的解读，它们可能分属完全不同的历史现象，但当它们在"编年史"的体制和链条之中呈现时，便显示出了历史的内在统一性。从美学和精神的气质类型上，它们是不可分割的部分，或是一枚硬币的两个面。

无论是颂歌还是战歌，在这个年代都达到了它们所能够到达的尽头，在内容和审美的形态上都已经不再有回旋的余地。

　　但在严冬般的旷野之下，居然还有"地火"在运行。由于
"文革"时期社会的动荡失序，大量知识青年在失学和游荡中遭遇
到意外的阅读经历，这导致了在"战天斗地"之余，还有了许许
多多有形无形的思想群落的诞生。其阅读资源，主要来源于"黄
皮书"和"灰皮书"两种。所谓"黄皮书"和"灰皮书"，是指
彼时由于大量正常出版的图书都被作为"封资修"予以毁弃，原
有的文艺、哲学、社会科学方面的书籍已难得一见，只有供一定级
别的干部和机关部门"参考"的一些"内部印行"的读物，是作
为供批判之用的"反面教材"。这些读物大都无正式包装，一般有
黄色封皮者为文艺类图书，灰色封皮者为哲学或政治类图书。据杨
健的《文化大革命中的地下文学》一书记载，在七十年代初期的
北京，有多个"地下沙龙"或年轻人的松散组织，其中聚集了一
批有思想的青年，如郭世英、张郎郎、张寥寥、董沙贝、徐浩渊、
赵一凡等，他们都分属不同的沙龙或群落，有较丰富的读书经历，
对推动这个时期的民间思想具有重要作用。

　　在创作实绩方面最具有代表性的人物有这样一些：最早的两位
先驱，北京的知青食指（郭路生）和贵州的青年诗人黄翔，他们
两人早在六十年代就开始了写作，其中后者早在1958年即发表了
诗歌。他们共同的特点是出道早，具有强烈的抒情气质，在战歌与
合唱的年代中有着某种迷茫、感伤、怀疑和叛逆的精神，不同的是
食指更个人化一些，而黄翔则热衷于重大主题的书写。从传播角度
看，食指的作品传抄广泛，有时同一首诗会因为传抄而产生多个
"不同版本"，他写于1968年的《相信未来》和《这是四点零八分
的北京》流传最为广泛。

　　除了上述两位，更具有现代主义气质的是活跃于七十年代早期
的"白洋淀诗歌群落"。其中根子写于1971年的《三月与末日》

和稍后的《致生活》是两首杰出的诗篇，前者可以看作是一个叛逆者的宣言，十七岁的自我启蒙的成人礼，对于充满迷信的时代进行了尖锐的批评，且清晰地表达了决裂的态度。《致生活》是以诙谐的笔调，对于自我人格中叛逆与盲从的两个部分进行了分析，尤其具有精神深度。另外两位，芒克和多多也留下了许多有价值的作品。除了此"三剑客"之外，像北岛、舒婷、顾城，也早在七十年代中期以前就开始了写作，只是他们的诗歌没有像"白洋淀诗群"这样被广泛地传抄。

诗界也有人将上述处于地下状态的现代性诗歌潮流称为"前朦胧诗"，以同后起于七八十年代之交的"朦胧诗"形成谱系感。因为他们上承新诗的现代传统，通过各种间接的影响，接受了中外现代主义诗歌的各种观念浸润，为这个年代留下了至为珍贵的思想财富与精神见证。

还有一种潜在写作，是因为政治原因被打成了"右派"或是其他非法身份的诗人，他们的年龄较大、在"文革"之前已经成名，这一时期因政治形势的变化而失去了发表作品的权利。如流沙河、昌耀、绿原、蔡其矫、牛汉、曾卓、穆旦等，他们大都自"反右"就已遭到下放、批斗，"文革"期间更是受到进一步迫害，或劳改，或关押，处境艰难。在困厄中，他们也记下了个人感受中的艰难时世以及心路历程，表达了对于社会人生的另一种关切，其中好的作品亦颇具人格力量，如曾卓的《悬崖边的树》、绿原的《重读〈圣经〉——"牛棚"诗抄》、牛汉的《半棵树》《华南虎》等作品，俱是以悲剧性的自我形象、强烈的生命意志而让人过目难忘，成为彼时个体之处境与诗人精神的一种象征。当然，并非所有此类写作都是充满紧张感的，也有一些诗人如蔡其矫等，写得较为清新自然，体现着人情与人性之美，这同样可以理解为是对于政治的疏离与反叛。另外一位比较特殊的诗人是穆旦，作为1940年代"中国新诗派"的重要成员，他在新中国成立后处境尴尬而艰难，在生命最后的1976年，他终于有了一次"爆发"，留下了近三十首诗歌。这些作品质量整齐，思想与技艺均臻于化境，是这一时段诗歌不可多得的重要收获。

这一时期除了上述的二元格局之外，在另一个政治地理即台港地区中，则仍接续着常态的诗歌写作。它们可以看作是之前的汉语新诗传统的一个"偏居式的存续"，但偏则偏矣，其作为新诗的属性和质量则不容忽视。某种程度上，说它们支撑了现代新诗的正常发展也不无道理。这样一个格局，似乎使得这一时期的诗歌样态反而显得异常丰富和活跃。

显然，本卷的收录原则首先依据的是"历史的标准"，而非"美学的原则"。历史本身呈现出了前所未有的丰富性，虽然这种多样性是"非常态"的、客观意义上的，但显然它更具有研究的价值。美学原则退居其次，也并非完全是无奈之举，某种退化和萧条既是历史本身的生动记录，同时也为之后的反弹变革准备了基础。这也很像法国当代哲学家福柯的"历史编纂学"所强调的，将五光十色和稀奇古怪的历史材料并置于一起，本身就显示了历史的原生性和丰富性。

还有一点需要特别说明，由于众所周知的历史的特殊性，本卷选取的许多作品，其发表时间要大大滞后于写作时间，有的甚至滞后长达十数年之久，一些作品在写作时间、最初样貌等方面存有一定的争议。如何处置这些争议，我们认为，鉴于非正常的环境，在

"证据链"较为完整的情况下，如有较早的抄本，有相关口述史的交互佐证，有较早选本的认可，等等，都应该尽可能给予承认。

但仍然有各种缺憾，因为一手资料的短缺和上述"证据链"可能的不足，有些作品在具体的写作和传播时间的确认上，可能会存在一定的误差，有些完全无法依照"按最初版本收录"的原则进行处理，只能参照一些较易得见、流传较广的版本予以标注。

目　录

1966 年

1967 年

1968 年

1969 年

1972 年

1973 年

1976 年

1966年

雁

白荻

我们仍然活着。仍然要飞行
在无边际的天空
地平线长久在远处退缩地引逗着我们
活着。不断地追逐
感觉它已接近而抬眼还是那么远离

天空还是我们祖先飞过的天空。
广大虚无如一句不变的叮咛
我们还是如祖先的翅膀。鼓在风上
继续着一个意志陷入一个不完的魇梦

在黑色的大地与
奥蓝而没有底部的天空之间
前途只是一条地平线
逗引着我们
我们将缓缓地在追逐中死去，死去如
夕阳不知觉的冷去。仍然要飞行
继续悬空在无际涯的中间孤独如风中的一叶

而冷冷的云翳
冷冷地注视着我们

选自《创世纪》第 23 期，1966 年 1 月

树

商禽

记忆中你淡淡的花是浅浅的笑
失去的日子在你叶叶的飘堕中升高

外太空中寻不着你颀长的枝柯
同温层间你疏落的果实一定白而且冷

选自《创世纪》第 23 期，1966 年 1 月

枪之歌（三首）

殷勤

瞄

不只是用眼睛，
而是用士兵的忠诚。
把愤怒集中在准星上，
向一切凶恶的敌人瞄准！

制高点

祖国的海岸高入云端，
是一道攀不过的城垣。

因为沿岸有无数
不可逾越的制高点——

这就是密布边疆的
一排排刺刀尖。

火山口

每一支枪管，
都是一触即发的火山口。

暂时的沉默里，
压抑着滔天的阶级仇。

何时爆发？
祖国命令的时候！

选自《解放军文艺》1966 年第 1 期

当我死时

余光中

当我死时，葬我，在长江与黄河

之间，枕我的头颅，白发盖着黑土

在中国，最美最母亲的国度

我便坦然睡去，睡整张大陆

听两侧，安魂曲起自长江，黄河

两管永生的音乐，滔滔，朝东

这是最纵容最宽阔的床

让一颗心满足地睡去，满足地想

从前，一个中国的青年曾经

在冰冻的密西根向西瞭望

想望透黑夜看中国的黎明

用十七年未餍中国的眼睛

饕餮地图，从西湖到太湖

到多鹧鸪的重庆，代替回乡

1966 年 2 月 24 日　卡拉马如

选自《余光中诗选》，海峡文艺出版社 1988 年 3 月版

献给你

陈建华

这弯弯的月儿做了我们的小舟，
轻轻荡漾在银河的柔波上，
朵朵云莲溢出夏夜的梦香。

我从水底捡起一枚贝壳，
上面雕镂一座缥缈的蓬莱，
我的梦幻染了它斑斓的颜色。

我拾起一颗晶莹的珍珠，
是我昨夜的眼泪呀，
噙含着窗外雨点的叹息。

再拾起一支红彤彤的珊瑚，
我连心的血脉，波动着
我的生命芬芳的琼浆。

献给你，把它们串起来，
用情爱的彩线，
挂在你的颈上。

你却轻手抛了出去，

闪光划破澄碧的夜空，

化成满天的星！

1966 年 5 月

选自《陈建华诗选》，花城出版社 2006 年 12 月版

故乡

——回答女友

流沙河

不　这里不是我的故乡

我在这里看见一片荒凉

　　　　看见陌生的脸

　　　　和好奇的目光

好奇的目光我能够原谅

茫茫的寂寞却使我悲伤

我常常惶惑地问我自己

难道这里就是我的故乡

故乡在我眼中恰似鸟笼

我曾经幻想过云游四方

眺望滔滔黄河奔入大海

观看滚滚秋潮怒打钱塘

乘着快马追风驰过草原

驾着轻舟如箭射下长江

夜登泰山绝顶迎来朝日

晚立戈壁大漠送走夕阳

一声炸雷打碎我的幻想

满怀穷愁我回我的故乡

吟着回环缥缈的思乡曲

两行清泪涌出一番绝望

在绝望中我又与你重逢

雪消冰化眼前万里春光

故乡弃我我却毫不惆怅

你的城市就是我的故乡

1966 年 5 月在故乡

选自《流沙河诗集》，上海文艺出版社 1982 年 12 月版

泡沫之外

洛夫

听完了那人在无定河边钓云的故事

他便从水中走来

漂泊的年代

河到哪里去找它的两岸？

白日已尽

岸边的那排柳树并不怎么快乐而一些月光

浮贴在水面上

眼泪便开始在我们体内

涟漪起来

战争是一回事

不朽是另一回事

旧炮弹与头额在高空互撞

必然掀起一阵大大的崩溃之风

于是乎

　　　这边一座铜像

　　　那边一座铜像

而我们的确只是一堆

不为什么而闪烁的

泡沫

1966 年 8 月 27 日

选自洛夫诗集《烟之外》，江苏文艺出版社 2010 年 12 月版

七夕结婚

流沙河

云暗星迷风送凉

秋虫唱　夜茫茫

人间牛女　可笑大匆忙

一盏油灯做花烛

交枕臂　待晨光

往事十年话沧桑

骊山上　勿相忘

悲酸万种　此夕化为糖

忽听邻鸡争啼晓

语切切　泪双双

　　　1966 年 8 月 23 日在故乡老家

　　　选自《流沙河诗集》，上海文艺出版社 1982 年 12 月版

沙包刑场

洛夫

一颗颗头颅从沙包上走了下来

俯耳地面

隐闻地球另一面有人在唱

自悼之挽歌

浮贴在木桩上的那张告示随风而去

一副好看的脸

自镜中消失

　　　选自《创世纪》第 23 期，1966 年 8 月

长征路上

张帆

攀山

沉雷，敲起了鼓点，
秋雨，织成了珠帘
走过八十里羊肠路，
一座大山把路拦。

山间，白云滚滚，
山上，古树参天，
千尺飞泉如虎啸，
万丈悬崖似斧砍。

红卫兵都有英雄胆，
管它天险不天险。
这正是练武的好时机，
是钢是铁看今天。

扯开荆棘把路引，
咬断青藤向上攀。
双手卡紧大山脖，
两脚踏住大山肩。

攀，任凭尖石划破腿，

攀，哪管鲜血把衣染。

前辈敢越泸定桥，

我们不怕过刀山！

想起被压迫人民正受苦，

心中燃起火一团，

看看毛主席语录板，

好像猛虎把翼添。

翻身腾跃大山顶，

无限豪情涌心间。

《毛主席语录》手中举，

战旗猎猎映蓝天！

1966 年 9 月

选自首都大专院校红代会《红卫兵文艺》编辑部编《写在火红的战旗上
——红卫兵诗选》，1968 年 12 月。作者名前原标"东北"字样。

坐在南去列车的窗口……

风宇

我坐在南去列车的窗口，

窗外是北国火红的深秋；
红透的高粱一望无际，
参天的白杨向我挥手。

像出征战士离开故乡，
思念故乡的街道路口；
我把北京的容颜回忆，
一点也不遗留。

晨谒英雄纪念碑，
多少个方志敏在霞光中走；
他们抚摸我的红卫兵袖章，
他们凝视我别着毛主席像章的胸口。

我有多少话要讲啊，
我有多少泪要流；
革命的重担已落在我的双肩，
我只默默地举起了拳头……

夜在长安街的灯河中走，
着意寻找那灯河的源头；
中南海里一盏红灯啊，
悬挂在那永放红光的窗口。

长安街的灯像天上的星星，
中南海的灯是最亮的北斗，

我久久地凝视着它，

忘记夜露已湿透了衣袖……

天安门前朝霞如锦红旗抖，

毛主席在天安门上挥巨手；

满含着幸福的泪花啊，

"毛主席万岁"我喊哑了喉……

我有多少颂歌要唱啊，

我有多少知心话要出口，

千万首颂歌并作一句唱：

"大海航行靠舵手……"

香山的红叶和造反旗一样鲜红，

昆明湖的桨声为语录歌伴奏；

北京站的大钟楼上，

《东方红》的乐曲响彻整个宇宙……

我坐在南去列车的窗口，

窗外已是江南金黄的深秋，

长征队旗掠过金色的田野，

红卫兵编织草帽用溪边的垂柳……

时代的列车飞奔向前，

毛泽东思想是历史前进的火车头；

我愿做一块小小的铺路石，

让毛泽东思想的轨道铺遍全球……

1966 年 11 月 11 日列车上

选自首都大专院校红代会《红卫兵文艺》编辑部编《写在火红的战旗上
——红卫兵诗选》, 1968 年 12 月

长白山来了远征队

梁岩海

在"无产阶级文化大革命运动"中，响应我们伟大领袖毛主席的号召，进行了徒步串联。我们的长征队曾路过当年抗日联军的根据地——长白山。

歌声响，笑语飞，
山沟里来了长征队。
为乡亲顶风冒雪把水挑，
——当年的"抗联"把村归。

墙壁上大笔写满红语录，
老三篇的歌声满屯飞。
就好似当年抗联打胜仗，
小屯里召开了庆功会……

油灯亮，天漆黑，
一个个脸儿笑微微。

《露营之歌》今又唱，

革命的激情满心肺。

忆当年，火烤胸前风吹背，

看今天，通红的江山放光辉。

誓不忘，爬冰卧雪的老抗联，

坚决做永远革命的红一辈！

天色明，军号吹，

辞别乡亲抹去泪，

老贫农的嘱咐记心内，

顺着抗联路啊，永不把头回……

1966 年 12 月

选自首都大专院校红代会《红卫兵文艺》编辑部编《写在火红的战旗上
——红卫兵诗选》，1968 年 12 月。作者名前原标"东北"字样。

流浪人

罗门

被海的辽阔整得好累的一条船在港里

他用灯拴自己的影子在咖啡桌的旁边

那是他随身带的一条动物

除了它　娜娜近得比什么都远

把酒喝成故乡的月色

空酒瓶望成一座荒岛

他带着随身带的那条动物

朝自己的鞋声走去

一颗星也在很远很远里

　　　　　带着天空在走

明天　当第一扇百叶窗

　　　将太阳拉成一把梯子

他不知往上走　还是往下走

1966 年

选自《罗门诗选》，洪范书店 1984 年 7 月版

心每

蓉子

经过一季长夏　在枯焦的稻草之后

还有我金雀花的梦？

阴翳常至　冷涩的雨

冰冻的音响

时间纵然是一树厚密的叶子

也会因不停地凋零而稀薄

——你的生意便这样地萎谢了！

当我把整个的春都抵押给了风暴

那春天遂瘦弱　空荡荡地

没有花园　没有花圃

触目尽是风沙

而且在秋天也不会结果

我真想从你逃离　我命运的主人

经由林中秘径逃回梦里的茵岛

——那更早的时光

面对未开发的荒芜

犹有可期待的喜悦!

大江依旧流日夜

看忧郁染蓝了岁月

这世界充满了嘲弄……

1966 年

选自《蓉子诗选》，中国社会科学出版社 1995 年 4 月版

涉禽

商禽

从一条长凳上

午寝

醒来

忘却了什么是
昨日
今天

把自己竖起来
伸腰
哈欠

竟不知时间是如此的浅
一举步便踏到明天

1966 年

选自刘登翰编选《台湾现代诗选》，春风文艺出版社 1987 年 8 月版

1967 年

母亲的墓

余光中

此地葬一个可爱的女人

肉体已成灰，只留下灵魂

一缕灵魂，只留下一束记忆

记得小时候，在江南

秋天拾枫叶，春天养蚕

一缕灵魂，曾经是一张脸

是我记忆中最早的形象

早于这世界，早于月，早于太阳

一张脸，曾经是一双眼，一种笑容

小时候，是我唯一的气候

母亲啊，你竟已成为一缕灵魂

一缕灵魂，曾经是一双手

辛苦经营，将我编织成形象

凡颅所顶，凡足所履，凡身所衣

来自你，来自那一双手

此地葬一个可爱的女人

葬的是骨灰，不是灵魂

这首诗是她永生的陵寝

保存一种美好的形象

防腐，防火，防盗，而且透明

附记：母亲骨灰已于 1 月 21 日自圆通寺移往碧潭永春公墓，归土安葬。她是江苏武进人，1906 年生，1958 年殁。

1967 年 1 月 14 日

选自《余光中集（第二卷）》，百花文艺出版社 2004 年 1 月版

穿过夜空望北方

佚名

穿过夜空望北方呵。

我们想念毛泽东。

想起了您：我们热泪滚滚力无穷；

想起了您：我们刀山敢上，火海敢冲！

想起了您呵：我们心明眼亮，越战越猛，

想起了您呵：就好像看见了胜利的红旗插遍高峰！

黑云压城城不摧，

抽刀断水水更涌，

多少个寒风雪夜呵，

我们噙着泪花，

轻轻念着您老人家的名字：

毛泽东……

为了保卫您老人家，

我们对着死亡，满面笑容；

只要看一看您老人家的照片，

一阵阵激情啊，

就如海潮翻涌……

透过千里浓雾呵，

我们看见了，看见了，

伟大的领袖毛泽东……

举长缨. 缚苍龙，

踏碎恶浪劈妖风。

革命的航船呵，

将飞驶在社会主义的长河中！

　　　　写于 2 月黑风之中

　　　　选自钢二司武汉水利水电学院、钢工总新人印东方红兵团编《江城壮歌》，

1967 年 10 月。本诗作者不详，原署：钢二司新华师一兵。

放开我，妈妈!

吴克强

　　面对着两条路线的生死决战，妈妈拉住我，不让我到学校去，

怕我被走资派暗害。我对她说：

放开我，妈妈！

别为孩子担惊受怕。

到处都是我们的战友，

暴徒的长矛算得了啥!

我绝不做绕梁呢喃的乳燕,

终日徘徊在屋檐下;

我要作搏击长空的雄鹰,

去迎接疾风暴雨的冲刷!

放开我,妈妈!

难道你忘了英雄的爸爸,

为了祖国的解放和胜利,

二十年前,他牺牲在反动派的屠刀下。

人民政权的奠基石啊,

洒满了革命先烈的血花。

而今天,

在两个阶级生死决战的关键时刻,

哥哥又高举"造反有理"的大旗,

在殷红的血泊中冲杀……

为了捍卫毛主席的革命路线,

他年轻的生命,迸发出万丈光华!

想一想吧,妈妈!

活着的人应该干些啥?

难道烈士的鲜血应该白流,

难道眼看革命战友遭屠杀?

难道毛主席的革命路线我们不去捍卫,

难道能让资产阶级重新统治我们的国家?

造反派从来不会向阶级敌人低头,

顶天立地的英雄从来不怕镇压和屠杀！

我走了，妈妈！

请你再一次告诉隔壁受蒙蔽的那一家，

叫他们别再为阶级敌人卖命，

跳出罪恶的泥坑，我们还是欢迎他！

挑动武斗的一小撮坏头头，

一定逃不脱历史的惩罚！

敌人的疯狂，不过是灭亡前的垂死挣扎。

最后的胜利一定属于我们，

无产阶级革命派永远杀不绝，压不垮！

再见了，妈妈！

我们的最高统帅毛主席，

命令我立即出发！

阶级斗争的疆场任我驰骋，

门庭梨院怎能横枪跃马？

等着我们胜利的捷报吧，妈妈！

总有一天，我们会欢聚在红旗下。

为夺取"文化大革命"的彻底胜利，

儿誓作千秋雄鬼死不还家！

　　1967 年 6 月

　　选自首都大专院校红代会《红卫兵文艺》编辑部编《写在火红的战旗上——红卫兵诗选》，1968 年 12 月

孩子，去吧！

佚名

孩子，去吧l
我是一个糊涂的妈妈。
小小的雀笼怎能锁得住羽翼丰满的小鹰？
低低的羊栏怎能关得住四蹄翻飞的骏马？
胡兰子有恋女的亲娘，
董存瑞也有疼儿的妈妈！
她们为了革命能献出自己的亲骨肉，
我怎能有这么多的顾虑和牵挂?！

孩子，去吧！
我是一个糊涂的妈妈。
我总担心你年轻不懂事，
怎能经得起暴风雨的冲刷?！
不过你爹爹参军时也只十五岁，
你爷爷奶奶也没有强留他；
我在日寇铁蹄下传递情报时，
还没有你这样大。

孩子，去吧！
我是一个糊涂的妈妈。
在大决战的时刻，
你必须好好听毛主席的话。

你的战友们正迈着整齐的步伐，

在战火中度过那青春的年华。

妈妈听着那雄壮的歌声，

更觉得不该把你留在家。

孩子，去吧！

我是一个糊涂的妈妈。

在林祥谦就义的地方，

只有懦夫跪倒在敌人的屠刀下。

你们手中有红彤彤的宝书，

还怕什么长矛、钢叉？！

武老谭就像春天的冰山，

貌视强大却必遭溶化！

孩子，去吧！

我要做一个战士的妈妈。

当春潮澎湃的时候，

你就是其中一朵明亮的浪花，

在捍卫毛主席路线的血战中，

你虽付出血的代价，

但我感到骄傲。孩子！

因为我是一个革命战士的妈妈。

　　7 月 3 日

　　　选自钢二司武汉水利水电学院、钢工总新人印东方红兵团编《江城壮歌》，

1967 年 10 月。本诗作者不详，原署：武汉部队一战士。

海洋之歌

杨三白

没有风暴还称什么海洋
　　　　——莱蒙托夫

序

乌云翻滚
　　大海狂啸
霹雳闪电
　　掠过海面
浪花在期待
　　欢腾
　　激荡
暴风雨就要来了

　　一

我的海洋
　　　我的海洋
啊，我的广阔的还有
　　你翻腾起来
　　　翻腾起来
　　　　翻腾起来吧！

用你那愤怒的吼声
　　　震撼大地
用你那汹涌的浪涛
　　　摧毁顽石吧！

我的海洋
　　　　你奔流起来
　　　　奔流起来！
用你那雄健的步伐
　　　踏破万里荆土
用你那奋勇而豪放的激流，
　　　冲掘一切障碍吧！

啊，我的不屈的海
　　　　奔流的海
　　　　　强悍的海

你歌唱起来
　　　歌唱起来
　　　歌唱起来吧！
就让你那深沉而饱满的激情
用最粗鲁和率直的形式
豪放而热情地表现吧，
毫不暧昧、毫不羞涩
让你的波涛翻腾吧，
　　　　奔流吧

　　　歌唱吧

用你那粗壮的宽淳的胸音

去赞唱崇高而严肃的理想吧！

啊，海洋

还记得吗

当旭日东升之际

万顷碧波齐声歌唱

绚丽的浪花欢乐地飞腾

海涛声震天动地

一往深情

欢呼太阳

欢呼大海青春的生命

　　　二

我的滚滚欢腾的海洋啊

我是你无际波涛中的一滴水珠

我和你唇齿相依

你是我力量的源泉

　　　精神的寄托

你是生命永恒的活力

海啊，当你欢腾起来

　　　　奔放起来的时候

我的心是如何振奋，欣慰

我的情绪是多么豪迈激昂

我的整个青春的生命

　　　在欢乐的歌唱

海啊，我的幸福和你一样

　　　　无可限量

我的海洋啊

　　　当你震怒起来的时候

　　　我的愤怒与你一样强烈

　　　我的胸中好像大山

　　　　即将爆裂

海啊，用你无敌的威力

　　　扫除一切鬼魅的粪土吧

　　　用你激动的怒涛

　　　吞没一切挡路的堤坝

海洋啊，我的生命

当你阴郁的时候

　　　你不知道

　　　　不知道我的心啊

是如何沉闷，

　　　　好像天空布满乌云

这样的滋味

　　　语言怎能描述

　　　　怎能描述啊

那些和我一样纯洁的珍珠啊

你们一定能体会我的感奋

因为，我们都是大海之骄子

　　　三

波涛滚滚的大海啊
你就像一个勇敢而热情的少女
你有母亲的胸怀
　　战士的勇气
我的纯洁的勇敢的海
我深深地，深深地爱你
我要赞美你，歌唱你

我赞美你强健而年青
　　　　勇敢而热情
我赞美你百折不挠的意志
　　　　气吞山河的豪情

啊，我的海洋
　　　你真的热情而单纯
你欢乐得是那样忘情
你战斗得是那样勇猛
你用巨大的身躯
　　无畏地撞击岩石
那样毫无畏惧
　　毫无顾惜
你只是无私地战斗

　　热情地冲击

虽然你撞击的正是你自己

你撞得粉身碎骨

　　　在悲壮的嘶喊声中

　　　终于沉寂

但是，你的波涛曾搅天动地

　　四

海啊，自由的灵魂

　　　当你安静的时候

你不知道

　　　不知道我的心

是多么沉闷

　　　多么沉闷

我为你忧郁

　　　为你伤心

有谁像我更了解你

　　　就像孩子了解母亲

　　　少年了解老人

啊，我深深懂得

你那被压抑的强悍的力量

是怎样痉挛地挣扎，要解脱出来

你那热情而壮丽的思想

又是那样难以实现

你是个天生的战士

没有战斗

　　没有思想

　　　没有热情

你怎么能生存

　　五

海啊，当我在波涛中和你一起欢腾的时候

我们的生命是多么充实啊，热情是多么饱满

那时，我们的思想是多么崇高

　　　　我们的步伐是多么统一

　　　　我们的欢声是多么响亮

　　　　我们的力量

　　　　　　　所向无敌

那时，我们是大海威力的元素

我们渺小的水珠

　　当我们汇聚在一起的时候

我们曾倒海翻江

　　　　搅动天地

那时，万里波涛像

　　　　千匹骏马奔腾

　　　　万声惊雷滚动

多么壮阔！

六

海洋啊，我为你的沉默不平
　　　　我为你的安在呼吁
海，我是多么强烈地
　　　　强烈地渴望着
　　你有一天
　　　　重卷巨浪，重歌壮曲
那时，我将看到
　　　　你气吞山河的浪涛
　　　　横扫万里沃野
　　　　你粗壮高昂而热情的战歌
　　　　震响万里云天
海啊，我的海
　　　　我的生命，我的智慧
　　　　你奔流吧，翻滚吧
　　　　你翻腾吧，翻滚吧
　　　　歌唱吧，放声歌唱吧
　　　　但永远不要沉寂
我是多么殷切地盼望着
　　　　　盼望着有一天
再看到你那威严豪迈而绰约的风姿
我要再听你那激动人心的惊人的怒吼
海啊，我的生命与你这样眉睫相依
我愿在你的生命中死去

我愿在你的歌声中静息

不，假如有一天
　　　我能和你一起战斗
那对我来说
　　　是多么幸福啊
海啊，为了你的新生
我愿把我的生命抛弃
但是，我坚信
　　　　　我坚信
我坚信你不会永远沉寂
你所向无敌的浪涛
　　　必将以原始的野力
　　　　激荡澎湃
　　　　　在暴风雨中
　　　　　你将得到永生！

七

惊雷劈过海面
海底回声万里
听，那战斗的日子即将来临
这雷声就是风暴的预示
而在风暴中，还有从来不曾静息
　　　大海又将翻腾了。

八

水珠啊，水珠

　　海洋的微粒

我劝你永远追随着大海吧

如果你离开了你的母亲，

　　你必将毁灭无疑！！！

永远追随大海吧

　　不要忘情，不要背叛

和她一起感受痛苦吧

　　　这样，对于喜悦

你将有更深的理解和体验

和她一起渡过苦难吧

　　你必将和她一起

　　　经历幸福

水珠啊，水珠

　　我劝你不要离去

　　不要离去

幸福的战斗日子已经来到了

　　　相信我吧，

　　　相信吧

1967 年 8 月

选自《诗歌月刊·下半月》2006 年第 9 期

死亡，它不是一切

——兼答罗门

余光中

死亡，它不是一切

因为我的柩车不朝那方向

当我启程，乐队长

敲响你全部庞沛的铜鼓

悍然击钹，金属猝厉的掌声

我要的是欢迎，不是送行的哀乐

当我出发，我为状必已不美丽

发已全白，或已先我而离去

必然，我为状甚狼狈，像风后

像风后，吹空的，一株蒲公英

但蒲公英说，飞扬在四方，我已经

殡仪馆和博物馆的墙外

向风的地方，就有我的名字

死亡，你不是一切，你不是

因为最重要的不是

交什么给坟墓，而是

交什么给历史

1967 年 9 月 1 日

选自《余光中集（第二卷）》，百花文艺出版社 2004 年 1 月版

两杆红旗矗中原

狂人

矗立中原.
挥令龟蛇江汉，
工运两杆红旗，
"工总""九一三"。

红旗招展，
三镇笑开颜，
脚踏陈钟二怪，
直震东海天山。

钢人铁汉，
笑迎刀枪炮弹，
吓死"百万熊尸"，
嘲笑"康老三"。

造反，造反，
不管老爷大官，
彩笔画出新世界，
全靠雄文四卷。

忠心赤胆，

敢把牢门踩断，

心中有个红太阳，

世界我们管。

选自钢二司武汉水利水电学院、钢工总新人印东方红兵团编《江城壮歌》，
1967 年 10 月。原书作者名前署"铁道兵学院"。

我站立在大风里
管管

我站立在大风里，频频与飞沙走石对饮

频频以修长的肢体乱舞

唱天地之歌，吐心中之郁

是初度，我从没有如此之欢愉

思绪是落在咆哮的浪尖上

满眼的水域令我感知造化的茫然

我欲以全生命的逼力去亲贴

　　　　　　去飞逸

　　　　　　去泅泳

舐舐暴躁的海特酿的咸味

我心中绵密的森林与某些

潮湿的夜晚与某些

星星的争吵

突然蜕化成无数条弯弯曲曲的游龙

我站立在大风里

满身的血液如流矢

一群一群连续急骤地飞出

让它喷洒在一片未被松软的荒土上

　　　　　　花跳跃

　　　　　　鸟弹奏

　　　　　　龙柏唱着发育之歌

我燃烧并且鼓舞

这个大风起兮的节令

劈劈拍拍地缱绻于心灵的枝头

噢，是什么使它如此的

如此的深澈如此的冷，以及

如此的辽夐与迷离

就是如此的辽夐与迷离

偏偏我是一株攀生千叶的巨树

伸它粗壮的手臂

丰丰而向上

在风里，在深深发黏的风里

我的豪兴亦如童稚的真挚

　　　　——1967 年 12 月 5 日　澎湖测天岛

　　　　选自《创世纪》第 28 期，1968 年 5 月

明月情绪

昌耀

明月。

昆仑。

空朗万里无云。

晴比昨夜

更多辽阔。

篝火

在天边。

苍茫中是谁

追逐马群，

铁蹄

一阵阵儿

如冰雹

叩打石板去也，

令我记起战争

年月。

闲逸

莫不意味着偷安？

恬然潜在着

幽愤。

月下情绪

最难煎熬。

明月明月

莫如明月速去

而你通红的早晨

就也来临。

1967 年 12 月 14 日

选自《昌耀诗文总集》，青海人民出版社 2000 年 7 月版

海头

昌耀

海头戈壁

古事千年如水。

驼峰，

马背，

尽付与了黄沙。

传奇人物今在南山一带

赤脚追赶昆仑红日。

1967 年 12 月 19 日

选自《昌耀诗文总集》，青海人民出版社 2000 年 7 月版

愁渡

叶维廉

第一曲

说着，说着它就来了：

夺繁响

摧朝花

薄弱的欲望依稀似那年

那年愁机横展——

三桅船下水如玉

昏鸦澎湃，逐潮而去尽

妻说，我们就开动吧

　　　　　　　　向东也好

　　　　　　　　向西也好

房舍的余烬因风

如线轴的线默默地织入

记忆的衣衫里

我们不是有海的摇篮吗

任棠儿梦入舷边的水声里

说着，妻的头发就把砰砰的战火抛在后面

　　快快睡，快快睡

　　我们有了明丽的冰雪

别怕那拾级而上的新娘

快快睡，别惊醒

虽然你已经伤残

睡着，水库坝上的瀑布滂沱

好远好远的声响，仿佛

高悬的针药，在横断的夕阳里

载着一队白衣的女子

指划着

　　　　　向烟笼的弧岸

　　　　　　　　　　一个男子

摇着麝香的铃儿，把金波

洒向焦急的人们

而琉璃的航程缓缓驶进血脉里

"风起了！快下帆！快把舵！"

轰然，流沙突变为清鉴的湖以后

亲爱的王啊，为什么你还在水边

哭你的侍从呢？

捐起你的城市，你侵入远天的足音里

不尽是你的城市吗？

亲爱的王啊，别忧伤

你在哪里，城市就在哪里

第二曲

悠悠的杨花翻飞

在澄明的阳光里

鸽子含着微云而侵岭路

那时你倚着窗台—如你倚着裙子

　　　（檀香幽幽地烧着）

在窗外放剪花的船

　　　　　　而斑驳的豹脊

起伏着起伏着。你说：

风绕过了帝王谷以后

白天和鸟鸣如星细落

引擎密密麻麻的音爆里

有大城斜斜的开了许多畦的花

使夜

如你

倚着裙子；玉臂的清寒

无边缘的凝视

任溜冰刀霍霍地切入

寂寂的圆里。

就是这样的，王说，

你也不必因见不到莽莽的海而愁伤

倚着窗台

我们共听血脉里的潮涌

第三曲

亲爱的父：

　　果实亡于它的美味和营养

我们告别田野和工作

在门复门，关复关的

轰轰烈烈的公园里

我们散发为旗

　　赤身而歌：

　　　丰满的圆旋呀旋

　　　你在圆外

　　　我在圆内

　　　丰满的圆旋呀旋

　　　圆旋为点

　　　你我同眠

　　　丰满的点旋呀旋

往往在尖塔上，我们为星辰解缆

在云树间的五弦线上穿行

在船舱里想果实的亡故

黑夜来临的时候，群山升腾

鼓槌急堕，水鸟高飞

我们结伴，一一地停泊在

那硕大无朋的五弦琴的腰际

而散发飘扬着

　　飘扬的散发就是我们的名字

第四曲

怎得一夜朔风来

千树万树的霜花多好看

千树万树的霜花有谁看

当玄关消失在垂天的身影里

我不去想钓鱼郎此起彼落

啄完又啄，淋漓欲滴的春色

因为依稀曾有你，王啊

依稀是你：溅银河

　　　　　踏歌声

　　　　　折树墙

那时两岸的山花似雪开

钟鼓齐鸣

　　　　　而你说

旭日腾腾而来

林断山绝

我们浇酒为雾

在雾里找一只手

穿一扇门

在无风的室里倾耳听泉

听涌复不尽的跫音

王啊，我只听见霜花摧折

和你踏着脆弱的神经而去

渡头上，依稀你曾说：

赐你我的血液，赐你棠儿

城墙陷入晨光里
千树的
万树的
霜花
千树的
万树的
霜花
风落后
春草萋萋：
棠儿啊我的棠儿呢

第五曲

那时他行于萧萧的白杨间
空气聚向他
他奔向云间的烟木
烟木带着太阳白色的影子
一如海浪似的缎绋
那没有眉目的王
他双唇抖抖说着些什么？

那时棠儿奔向夺天的岩柱
他倚着槐树望着流泉
一匹美丽的白马穿石隙而去

空气散向土灰的大河
河上漂着挂着发饰的五弦琴
我们的棠儿
他呿呿的嘴唱着些什么?

我们故事里的妻子
她在堤坝上看水花冲洗着夕阳
听涛声外白衣的嬷嬷的吟唱
和鸽子在沙滩上的咕咕
而松云是那样的美好
花非花,叶非叶
她不明白为什么一阵风会把
嬷嬷的黑伞吹向她
她宁愿那是一艘三桅船

我们故事里的棠儿的母亲
她行于冰霜不坏的桥头
看海鸥穿梭建筑,夜压奔潮
鱼群争河缺,而众手挥窗
谁人的歌声那么好听
好听得如一只殷勤的青鸟
扑扑扑在白熠熠的桑林里
棠儿的母亲
倚着铁栏杆,呢喃呢喃的
呼唤着什么呢?

快快睡，别忧伤

他已有了缎绯的床

棠儿有了白马的行程

快快睡，别惊醒

松涛看护着妻子

青鸟殷勤着母亲

听：

山根好一片雨

涧底飞百重云

1967 年年底于加州的小镇梭朗那海滩

选自流沙河编著《台湾诗人十二家》，重庆出版社 1983 年 8 月版

寒秋

顾城

枯叶在街上奔跑，

枯枝在风中哀嚎；

大地冻丢了它漂亮的绿衣，

期待着它温暖的雪袍。

1967 年

选自《顾城诗全集》，江苏文艺出版社 2010 年 4 月版

裸街

梁秉钧

独自在许多路上

贫乏的眼是一盏灯

没有比这更暗淡的花卉了

一盏灯

你以为你是什么

发里的破船

一种波浪

一些移过去的停泊

然而这里没有池沼

如果有我可以停下来

让水流的寒冷留在体内

直至死亡

但是它们没有

这样我随着我的意志漂泊

任它们引向

空中任何的一扇门

构思着透明在现在

或者一种仰首的蓝

从痉挛中舒畅出来的雪

或者在他们的对话中醒来

仍然赶上看见

远方一双伸出来的臂

打开另一扇门

总有人冷淡地弹着琴

背向他音符的兄弟

一脸孔灯

每一盏有不同的光

电灯杆上麻雀歌唱

唱它们家族中的枪声

哦　火叶气息中

落下来

温柔的雨

1967 年

选自梁秉钧诗集《雷声与蝉鸣》，香港《大拇指》1978 年 8 月版

未言之门

蓉子

诗是一扇门一开一阖，让那些看过去的人去想象那片刻间所见者为何。

——桑德堡

我曾叹息于

那门一启一闭之际　偶尔哭泣于

那门一开一阖之间　往往惊心于

那一匌一訇之时。

那门，一缝之隙
一飘动的窗帷　一含糊的低语
你如何展布为宽广的园林
——你难以窥见一只豹受伤的全景

每一潮汐之短暂
每一短暂连成永恒的链环——
那启唱初曲的未必能聆知终曲！

音符的鸽群如何捕捉？
寂寞的云影从四方涌起，
门外仅见栗壳色的一片
关闭着那永恒的奥秘！

我是未改其性的孩童
时欲窥看门内秘奥
就这样倾听且耐心地守候
于那门开阖之际……

1967 年

选自《蓉子诗选》，中国社会科学出版社 1995 年 4 月版

命运

食指

一

好的荣誉是永远找不开的钞票，
坏的名声是永远挣不脱的枷锁，
如果事实真的是这样的话，
我情愿在单调的海洋上终生漂泊。

哪儿寻找结实的舢板，
我只有在街头四处流落，
只希望敲到朋友的门前，
能得到一点菲薄的施舍。

我的一生是辗转飘零的枯叶，
我的未来是抽不出锋芒的青稞，
如果命运真的是这样的话，
我愿为野生的荆棘放声高歌。

哪怕荆棘刺破我的心，
火一样的血浆火一样地燃烧着，
挣扎着爬进那喧闹的江河，
人死了，精神永不沉默！

二

羞怯的微笑是醉人不伤心的美酒
绯红的面庞是丰满无核心的苹果
如果维纳斯是这样的话
我至今还未感到爱情的焦渴

有人说酒后异常地痛苦
有人说苹果也有时苦涩
朋友，我不知道，因为
至今我还没有亲自尝过

明朗的目光是笔直走不完的路程
深沉的眼睛是躲也躲不过的灾祸
如果你是这样选择爱人的话
爱情的小船将永远荡漾在秋波

哪个愿永远在动荡之中
是水手谁不想靠岸停泊
年轻的朋友，该静下心来
认真思量，仔细斟酌

1967 年

选自《诗探索金库·食指卷》，作家出版社 1998 年 6 月版

鱼群三部曲

食指

一

冷漠的冰层下鱼儿顺水漂去，
听不到一声鱼儿痛苦的叹息，
既然得不到一点温暖的阳光，
又怎样迎送生命中绚烂的朝夕?!

现实中没有波浪，
可怎么浴血搏击?
前程呵，远不可测，
又怎么把希望托寄?

鱼儿精神上唯一的安慰，
便是沉湎于甜蜜的回忆。
让那痛苦和欢欣的眼泪，
再次将淡淡的往事托起。

既不是春潮中追逐的花萼，
也不是骄阳下恬静的安息;
既不是初春的寒风料峭，
也不是仲夏的绿水涟漪。

而是当大自然缠上白色的绷带，
流着鲜血的伤口刚刚合愈。
地面不再有徘徊不定的枯叶，
天上不再挂深情缠绵的寒雨。

它是怎样猛烈地跳跃呵，
为了不失去自由的呼吸；
它是怎样疯狂地反扑呵，
为了不失去鱼儿的利益。

虽然每次反扑总是失败，
虽然每次弹越总是碰壁，
然而勇敢的鱼儿并不死心，
还在积蓄力量作最后的努力。

终于寻到了薄弱环节，
好呵，弓起腰身弹上去，
低垂的尾首腾空跃展，
那么灵活又那么有力！

一束淡淡的阳光投到水里，
含泪抚摸着鱼儿带血双鳍；
"孩子呵，这是今年最后的一面，
下次相会怕要到明年的春季。"

鱼儿迎着阳光愉快地欢跃着，
不时露出水面自由地呼吸。
鲜红的血液溶进缓缓的流水，
顿时舞作疆场上飘动的红旗。

突然，一阵剧烈的疼痛，
使鱼儿昏迷，沉向水底。
我的鱼儿啊，你还年轻，
怎能就这样结束一生?!

不要再沉了，不要再沉了，
我的心呵，在低声地喃语。
……终于，鱼儿苏醒过来了，
又拼命向着阳光游去。

当它再一次把头露出水面，
这时鱼儿已经竭尽全力。
冰冷的嘴唇还在无声地翕动，
波动的水声已化作高傲的口气：

"永不畏惧冷酷的风雪，
绝不俯仰寒冬的鼻息。"
说罢，反身扎向水底，
头也不回地向前游去……

冷漠的冰层下鱼儿顺水漂去，

听不到一声鱼儿痛苦的叹息。
既然得不到一点温暖的阳光，
又何必迎送生命中绚烂的朝夕！

二

趁着夜色，凿开了冰洞，
渔夫匆忙地设下了网绳。
堆放在岸边的食品和烟丝，
朦胧中等待着蓝色的黎明。

为什么悬垂的星斗像眼泪一样晶莹？
难道黑暗之中也有真挚的友情？
但为什么还没等鱼儿得到暗示，
黎明的手指就摘落了满天慌乱的寒星？

一束耀眼的灿烂阳光，
晃得鱼儿睁不开眼睛，
暖化了冰层下冻结的夜梦，
慈爱地将沉睡的鱼儿唤醒：

"我的孩子呵，可还认识我？
可还叫得出我的姓名？
可还在寻找我命运的神谕？
可仍然追求自由与光明？"

鱼儿听到阳光的询问，

睁开了迷惘失神的眼睛，

试着摆动麻木的尾翼，

双鳍不时拍拂着前胸：

"自由的阳光，真实地告诉我，

这可是希望的春天探临？

岸边可放下难吃的鱼饵？

天空可已有归雁的行踪？"

沉默呵，沉默，可怕的沉默，

得不到一丝一毫的回声。

鱼儿的心突然颤抖了，

它听到树枝在嘶喊着苦痛。

警觉催促它立即前行，

但鱼儿痴恋这一线光明，

它还想借助这缕阳光，

看清楚自己渺茫的前程……

当鱼儿完全失去了希望，

才看清了身边狰狞的网绳。

"春天在哪儿呵，"它含着眼泪

重又开始了冰层下的旅程。

像渔夫咀嚼食品那样，

阳光撕破了贪婪的网绳。
在烟丝腾起的云雾之中，
渔夫做着丰收的美梦。

　　　三

苏醒的春天终于盼来了，
阳光的利剑显示了威力，
无情地割裂冰封的河面，
冰块在河床里挣扎撞击。

冰层下睡了一年多的水蟒，
刚露头又赶紧缩回河底；
荣称为前线歌手的青蛙，
也吓得匆忙向四方逃匿。

我的鱼儿，我的鱼儿呵，
你在哪里，你在哪里？
你盼了一冬，就是死了，
也该浮上来你的尸体！

真的，鱼儿真的死了，
眼睛像是冷漠的月亮，
刚才微微翕动的鳃片，
现在像平静下去的波浪。

是因为它还年轻，性格又犟强，
它对于自由与阳光的热切盼望，
使得它不顾一切地跃出了水面，
但却落在了终将消融的冰块上。

鱼儿临死前在冰块上拼命地挣扎着
太阳急忙在云层后收起了光芒——
是她不忍心看到她的孩子，
年轻的鱼儿竟是如此下场。

鱼儿却充满献身的欲望：
"太阳，我是你的儿子，
快快抽出你的利剑啊，
我愿和冰块一同消亡！"

真的，鱼儿真的死了，
眼睛像是冷漠的月亮，
刚才微微翕动的鳃片，
现在像平静下去的波浪。

一张又一张新春的绿叶，
无风自落，纷纷扬扬，
和着泪滴一样的细雨，
把鱼儿的尸体悄悄埋葬。

是一堆锋芒毕露的鱼骨，

还是堆丰富的精神矿藏，

我的灵魂那绿色坟墓，

可会引人深思和遐想……

当这冰块已消亡，

河水也不再动荡。

草丛里蹦来青蛙，

浮藻中游出水蟒。

水蟒吃饱了，静静听着，

青蛙动人的慰问演唱。

水蟒同情地流出了眼泪，

当青蛙唱到鱼儿的死亡。

1967 年

选自《今天》第 3 期，1979 年 4 月

诗魂

——屈原二二五〇年祭

高准

想那初夏江南，何等璀璨！

　那洞庭的波光，金碧辉闪，

　　涉江以采菱兮，桂棹兰桨，

　　　丛丛的薜荔呀，在汨罗江畔。

芳菲满目的江南啊诗人的故乡，

　　潺湲的江水呀，歌着你的诗章。

　　　你的诗——瑰丽兮激扬，激荡着

　　　　千古爱国的心房，缠绵的肝肠！

啊你孤洁兮忠贞，热心沸腾，

　　你悲悯兮忧愤，向罪恶抗争！

　　　像呼号行吟，要唤起谁的振奋？

　　　　你化入清波，却留下了真善美圣！

看啊！那山川壮丽是你的词彩，

　　那万里的风云，是你的天才，

　　　那浩瀚的原野，是你的气概。

　　　　诗人的祖国呀，我多么热爱！

请试问：荷马或但丁，歌德或雪莱，

　　莱茵河与不列颠，意大利与爱琴海

　　　谁又能篡夺，你亘古的冠冕？

　　　　谁又能掩盖，你杲杲的光焰！

啊啊，民族的诗魂呀诗魂之邦甸！

　　你原是那永生不朽的神木参天，

　　　谁能信那吴刚挥斧斫得断桂叶？

　　　　那神州万里如今却弥漫着荒烟？

啊啊，诗魂的民族呀民族之诗魂！

　你原是那不死的凤鸟一再重生，

　　你必将从火浴里呀再度洒布清芬！

　　　为你祝祷呀，祖国，请让我献身！

1967 年稿；1973 年端午诗人节改

选自刘登翰编选《台湾现代诗选》，春风文艺出版社 1987 年 8 月版

1968年

鸽子

哑默

白色的闪电

划过阴沉的天

柔软的羽毛

没有屈服在狂暴的风前

云海收下了这片帆

孩子听不见哨笛的音响

1968 年元月

选自哑默诗文集《墙里化石》，中国致公出版社 1999 年 6 月版

海洋三部曲

食指

一　波浪与海洋

喧响的波浪

深沉的海洋

引我热烈地追求

使我殷切地向往

因为我有时惆怅
所以我喜爱大海宽阔的胸膛
因为我有时怯懦
所以我喜爱大海的无比坚强

这是因为我能力寻常
所以我渴求大海的巨大力量
这是因为我形体丑陋
所以我酷爱大海的碧蓝和明朗

我将永远为你歌唱
那喧响激昂的波浪
我将永远为你倾倒
那碧蓝深沉的海洋

二 再也掀不起波浪的海

不！朋友，还是远远地离开
离开这再也掀不起波浪的海
我噙着热泪劝你
去寻找灿烂的未来

远远地离开它吧
离开这再也掀不起波浪的海

它已沦落安息
像屋檐下过夜的乞丐

失去了青春的热情
失去了言语的坦白
然而更可怕的——
是失去了正直的胸怀

朋友，你为什么流泪了
要哭就索性哭个痛快
不是哭它那逝去的青春
而是哭一颗曾战斗过的灵魂

远远地离开这沉默的海吧
但千万千万不要忘记
它也曾一度波潮澎湃
汹涌不息地奔向未来

如今，它可怕地沉默了
多少感情在它心中藏埋
它仍然积蓄着力量
它还在焦急地等待……

不！朋友，还是远远地离开
远远地离开……留下我自己
守着这再也掀不起波浪的海

蹒跚地踱步、徘徊

三 给朋友们

——少用眼泪叙说悲欢
多写诗歌赞美勇敢

（一）
"开船嘞——"
激动的风热情地召唤
一种令人振奋的喜悦
把声音传得很远很远

不是到一起重温旧梦
而是再一次并肩作战
我年轻的战友啊
快快扬帆解缆

就这条可怜的小船
也配做红卫兵远航的兵舰
算了吧！酒桌旁的醉汉
生活的道路从来就不平坦

"生活的欢乐就是挥霍金钱
勇气将能换来丰富的酒宴"
可耻

一副拜金者贪婪的嘴脸

也有人在和爱神一起消磨时间
草掩的荒径走过年轻的侣伴
他们不再渴望暴风雨的欢乐
而只沉湎于小家庭的温暖

"开船嘞——"
失望的风呜咽地呼唤
止不住的热泪扑向沙滩
把几行远行者的脚印吻舐

（二）
我突然心酸地觉察到
握住桨的手臂是那样弱小
远航者的行装、衣着
又是那样朴素、单薄

一套《毛泽东选集》
贴身放在火热的胸前
一枚毛主席像章
夕阳辉映下金色灿烂

一身洗白的军衣
曾跟从父母经受烽火的考验
一条军用的皮带

又伴随孩子历尽风浪的惊险……

高举起向岸边挥动的哟
是再见的手臂
簌簌淋落胸前的哟
是别离的泪雨

一位霜发老人匆匆赶来送行
深陷的眼眶里热泪晶莹
"孩子啊，要把握住前进的方向
必须双眼不离北斗星"

深情的嘱托絮絮的叮咛
驾海风随帆船飘零
待海风再把它们送回岸上
已化为令人心碎的桨声

（三）
这夜，深远的夜空星光黯淡
狂风在命运的海洋里燃起狼烟
落了帆的小船是一匹狂癫的战马
扬起的头颈上带着鲜血和勇敢

它突然跃进浪谷
沉埋在无底的深渊
在哪儿，在哪儿啊

我所期望的帆船……

呜咽的风啊掀起滔天的浪
精神的船啊划着意志的桨
这儿已不是递送微笑的沙龙
我们正踏进流着鲜血的战场

像秋风卷走了一张枯叶
命运的海洋啊
你将把这条船带向何方
地狱呢？还是天堂

"快把船靠向我们，靠向左边
这里是鱼儿群居的海湾"
声音从右边极远的地方传来
原来是一只在命运的海洋里谋利的渔船

"让暴风雨来得更猛烈些吧"
这是海洋深处被压抑的呼唤
"让胆怯的死亡吧
活着的将更加勇敢"

看哪！我们的小船
它已昂首于浪巅
瞧她那高傲自大的神气
多像一只得意洋洋的海燕

…………

…………

朋友，请不要用目光问我

这样结束是不是有些突然

只待暴风雨式的生活过去

再给我们留下热情真挚的语言

1965 年 2 月—1968 年 2 月 1 日①

选自《诗探索金库·食指卷》，作家出版社 1998 年 6 月版

夜读

梁秉钧

除夕晚上随手打开的一页

它说尼哥拉斯

被某一持枪的丈夫所枪杀

这是为什么——

某些事情

在这之前发生了

某些给这铅重的伤痕与冷冰的枪管

---

①此组诗第一首写于 1965 年，第二首写于 1967 年，第三首完成于 1968 年 2 月 1 日。——该注释为原书所有。

以理由的

在这之前发生了

我一定是漏去了一点什么

在这个波兰作家的笔下的

这篇小说

——我后来知道——

叫做"太多的阳光"

1968 年 3 月

选自梁秉钧诗集《雷声与蝉鸣》，香港《大拇指》1978 年 8 月版

相信未来

食指

当蜘蛛网无情地查封了我的炉台

当灰烬的余烟叹息着贫困的悲哀

我依然固执地铺平失望的灰烬

用美丽的雪花写下：相信未来

当我的紫葡萄化为深秋的露水

当我的鲜花依偎在别人的情怀

我依然固执地用凝霜的枯藤

在凄凉的大地上写下：相信未来

我要用手指那涌向天边的排浪

我要用手掌那托住太阳的大海

摇曳着曙光那枝温暖漂亮的笔杆

用孩子的笔体写下：相信未来

我之所以坚定地相信未来

是我相信未来人们的眼睛

她有拨开历史风尘的睫毛

她有看透岁月篇章的瞳孔

不管人们对于我们腐烂的皮肉

那些迷途的惆怅、失败的苦痛

是寄予感动的热泪、深切的同情

还是给以轻蔑的微笑、辛辣的嘲讽

我坚信人们对于我们的脊骨

那无数次的探索、迷途、失败和成功

一定会给予热情、客观、公正的评定

是的，我焦急地等待着他们的评定

朋友，坚定地相信未来吧

相信不屈不挠的努力

相信战胜死亡的年轻

相信未来、热爱生命

1968 年春

选自《今天》第 2 期，1979 年 2 月

七星灯

蔡炎培

摇着夜寒的银河路

你给我一个不懂诗的样子

挨在马车边

使我颠颠倒倒的眼神

突然记起棺里面

有吻过的唇熨帖的手

和她耳根的天葵花

全放在可触摸的死亡间

死亡在报纸上进行

昨宵我又见她走过王府井

去读那些大字报

找着血时便栖了身

很似战车在人的上面碾过

成为中国的姓氏

为何她还未苏生

很多人这样问，很多人都没了消息

马车在血光中进行

她在我的肩膀靠着

并想着外边的石板路

会有一地梧桐树影

深吻了月光

月光在城外的手围穿出

突破惹人眼泪的表象

便在云层隐没

不再重看

只有那匹马，不懂仓促

发足前奔……

在马车的前奔中

"如果这是别。"她说

"那就是别了，北京。"

是她仓猝收起桃花扇

看我南来最后一届的学生

桃红不会开给明日的北大

鲜血已湿了林花

今宵是个没有月光的晚上

在你不懂诗的样子下

马儿特别怕蹄声

那么在我身旁请你坐稳一点点

车过银河路

鞭着

七星灯

　　1968 年 4 月 27 日

　　选自廖伟棠著《浮城述梦人——香港作家访谈录》，生活·读书·新知三联书店 2014 年 1 月版

在冷战的年代

余光中

在冷战的年代，走下新生南路

他想起那热战，那热烘烘的抗战

想起卢沟桥，怒吼，桥上所有的狮子

向武士刀，对岸的樱花武士

"万里长城万里长，长城外面——

是故乡"，想起一个民族，怎样

在同一个旋律里咀嚼流亡

从山海关到韶关。他的家

在长城，不，长江以南，但是那歌调

每一次，都令他心酸酸，鼻子酸酸

"万里长城万里长，长城外面是——"

歌，是平常的歌，不平常

是唱歌的年代，一起唱的人

一起流亡，在后方的一个小镇

一千个叮咛，一千次敲打

邮戳敲打谁人的叮咛

两种面貌是流亡的岁月

正面，是邮票，反面，是车票

一首旧歌，一枚照明弹

二十年前的记忆，忽然，被照明

在冷战的年代，走下新生南路

他想起，那音乐会上，刚才

十七岁，最多是十八，那女孩

还不曾诞生，在他唱歌的年代

今夜那些听众，一大半，还不曾诞生

不知道什么是英租界，日本租界

滇缅路，青年军，草鞋，平价米，草鞋

空空洞洞，防空洞中的岁月，"月光光

照他乡"，月光之外，烧夷弹的火光

停电夜，大轰炸的前夜，也是那样

那样一个晚会，也是那样

好乖好灵的一个女孩

唱同样的那一支歌，唱得

不好，但令他激动而流泪

"不要难过了"，笑笑，她说

"月亮真好，我要你送我回去"

后来她就戴上了他的指环

将爱笑的眼睛，盖印一样

盖在婷婷和幺幺的脸上

那竟是——廿多年前的事了

天上的七七，地上的七七

她的墓在观音山，淡水对岸

去年的清明节，前年的清明

走下新生南路，在冷战的年代

他想起，清清冷冷的公寓

一张双人旧床在等他回去

"月亮真好，我要你送我回去"

想起如何，先人的墓在大陆

妻的墓在岛上，幺幺和婷婷

都走了，只剩下他一人

三代分三个，不，四个世界

长城万里，孤蓬万里，月亮真好，他说

一面走下新生南路，在冷战的年代

1968 年 5 月 7 日

选自流沙河编著《台湾诗人十二家》，重庆出版社 1983 年 8 月版

战争，偶然

张默

战争，躺在黄昏疏落的水边

战争，摇头晃脑说着单调的情话

战争，很不喜欢嬉皮那种样子

战争，爱穿迷你迷你总是他妈的迷你

今夜月光似一层流不完的肌肤

角形的碉堡突然自我的眼睫落下

许多没有梦的梦

许多没有手的手

许多没有脸的脸

许多没有声音的声音

重重叠叠耕作堆砌与升高

在那无匹而又渺小的听道里

在那深深凝望而又咽呜的视瞩里

在那长着满腮胡髭的岁月的阴影的草原里

总是，毫不经意的

左手碰到如断柯的右手

右臂邂逅了半边燃烧的左臂

战争，还是这样子那样子

没有辉煌的宣言，铺满历史的甬道

没有今天和明天

没有什么云朵丝毫不紊的重叠

没有永远走不动的贸易风，甚至

一帖，小小的偶然

——1968 年 7 月 11 日　澎湖测天岛

选自《张默·世纪诗选》，尔雅出版社 2000 年 4 月版

烟囱

顾城

烟囱犹如平地耸立起来的巨人，

望着布满灯光的大地，

不断地吸着烟卷，

思索着一种谁也不知道的事情。

1968 年 9 月

选自《顾城诗全编》，上海三联书店 1995 年 6 月版

这是四点零八分的北京

食指

这是四点零八分的北京，

一片手的海洋翻动；

这是四点零八分的北京，

一声雄伟的汽笛长鸣。

北京车站高大的建筑，

突然一阵剧烈的抖动。

我双眼吃惊地望着窗外，

不知发生了什么事情。

我的心骤然一阵疼痛，一定是

妈妈缀扣子的针线穿透了心胸。

这时，我的心变成了一只风筝，

风筝的线绳就在母亲的手中。

线绳绷得太紧了，就要扯断了，

我不得不把头探出车厢的窗棂。

直到这时，直到这个时候，
我才明白发生了什么事情。

——一阵阵告别的声浪，
　　就要卷走车站；
　　北京在我的脚下，
　　已经缓缓地移动。

我再次向北京挥动手臂，
想一把抓住她的衣领，
然后对她大声地叫喊：
永远记着我，妈妈啊北京！

终于抓住了什么东西，
管他是谁的手，不能松，
因为这是我的北京，
这是我的最后的北京。

　　1968 年 12 月 20 日
　　选自《今天》第 4 期，1979 年 6 月 20 日

舵手颂

言子清

每当我看到船舰劈风、踩浪，
站定岸边，我总深情地向掌舵者凝望；

我看到他那抖擞、挺拔的身影，

和横扫海面、透入海底的目光。

这时，我眼前总闪现一个魁梧的身影，

置身在庞大的祖国之舰上……

北京——中国舰首上的掌舵者——

我们伟大的舵手毛主席呵，

是您饱经了近半世纪以来，

甲板上的风雨和沧桑，

才赢得：东风万里，红旗如海，

才赢得：亿万生命的勃发、日月的光……

今天，是您亲自发动和领导

这震撼世界的"无产阶级文化大革命"，

涤荡污泥浊水，横扫残渣余孽，

将旧世界彻底埋葬。

中国，将永远鲜红，

航船，将永远乘风破浪！

啊，毛主席——星宇的北斗，

啊，毛主席——人类的希望！

今日世界，是一列远征的舰队，

毛主席啊，是您在日夜领航！

前进，沿着伟大统帅指引的航向！

前进，奔向共产主义的前方！

　　　　选自首都大专院校红代会《红卫兵文艺》编辑部编《写在火红的战旗上

——红卫兵诗选》，1968 年 12 月

红卫兵歌谣（选五）

侠名

胜利全靠毛泽东

（江苏）

灯靠电，箭靠弓，

吹散乌云靠东风，

全国形势无限好，

胜利全靠毛泽东。

烈焰火中见丹心

（北京）

夜色苍茫灯更明，

霜严冰寒松越青。

革命造反红卫兵，

烈焰火中见丹心。

石头开花马生角

（四川）

毒打、围攻领教过，

最多不过砍脑壳。

要想老子不革命，
石头开花马生角！

战士的话

（吉林）
我是一个青年学生，
一个普通的红卫兵。
不！
我是一发穿甲弹，
时刻在炮膛里执勤！

我的誓言在心坎，
我的仇恨在笔尖，
我的阵地在前沿，
我的编制在尖刀班！

生是刀尖一点铁

（江苏）
常作风雨行，
惯踢九霄雷！
十万里长空起狂飙，
五千里大江腾怒水，
心头高悬红太阳，
敢入刀丛揪恶鬼。

红江山，

热血绘，

红山红水我捍卫！

生是刀尖一点铁，

死为红旗一纤维。

反了"刘皇帝"，

砸了黑省委，

千钧棒痛打白骨精，

大红旗下，

是我红色新一辈！

　　选自首都大专院校红代会《红卫兵文艺》编辑部编《写在火红的战旗上
——红卫兵诗选》，1968 年 12 月

野兽

黄翔

我是一只被追捕的野兽

我是一只刚捕获的野兽

我是被野兽践踏的野兽

我是践踏野兽的野兽

我的年代扑倒我

斜乜着眼睛

把脚踏在我的鼻梁架上

撕着

咬着

啃着

直啃到仅仅剩下我的骨头

即使我只仅仅剩下一根骨头

我也要哽住我的可憎年代的咽喉

1968 年

选自唐晓渡编选《在黎明的铜镜中——"朦胧诗"卷》，北京师范大学出版

社 1993 年 10 月版

白骨

黄翔

亿万年以后

亿万年的地层里

也许会有人

发掘出我的

尸骨

那时候

他可会想起

一个遥远的地质年代

一种因遥远而迷茫的历史

这是自己先祖生命的残骸
还是古生生物骨骼的化石

那时候
他可会想起
就是这堆白骨
曾经在地球上做过声
爱过
恨过
哭过
喊过
激动过

他可会想起
就是这堆白骨
曾经有过一张扭歪痛苦的脸
曾经有过一双无声地诅咒的眼睛
曾经紧紧地抿着失血的嘴唇
默默地忍受
曾经写下与星月万古共存的诗歌

这是一个诗人的白骨
这是一个在希望中失望过和绝望过的
人的白骨

这是疯狂地搏斗过的白骨

这是在世界上走过   闯过   撞过的

人的白骨

这是骨架被打散过   又重新支起

被打散的骨架的人的白骨

这是因憎恨而磨响过牙床的白骨

这是因抗争而铮铮绷响过的白骨

这是看见过天空中雷火碰击   倾听过

大地上万物生长的声音的白骨

这是一个人的白骨

亿万年以后

亿万年的地层里

当未来的人类学家

地质学家

考古学家

发掘出我的尸骨的时候

请在同一个燃烧的太阳下

高举起这水和空气的残骸

把"人"求索

1968 年

选自谯达摩、温皓然主编《世界文坛》，经济日报出版社 2010 年 5 月版

车入自然

罗门

车急驰

那把箭较眼快

一只鸟侧滑下来

天空便斜得站不住

将满目的蓝往海里倒

车急驰漂浮何须经由水面

说云将山浮去

倒不如说风浮来旷野的脸

                一阵翅膀声

                在笑里

车急驰

太阳左车窗敲敲

        右车窗敲敲

敲得树林东奔西跑

敲得路回峰转

要不是落霞已暗

轮子怎会转来那轮月

        1968 年

        选自《罗门创作大系》卷三，文史哲出版社 1995 年 4 月版

但切不要悲伤

绿原

骚乱的白天过去了
你的心在流血
但切不要悲伤

禁不住泪如泉涌吧
又何妨到野外大哭一声
但切不要悲伤

流血的心是有生命的
像那棵被锯断的老树根一样
但切不要悲伤

老树根受了冤屈也要流血的
这是自然界的正常现象
所以切不要悲伤

你的心在流血
它在完成生命的事业
所以切不要悲伤

明天照样出太阳

田野里照样有花香

所以切不要悲伤

1968 年

选自绿原诗集《人之诗（续编）》，宁夏人民出版社 1983 年 4 月版

往往

绿原

往往梦中觉得人世很单纯

仿佛回到童年和故乡

醒来满不是那回事

于是感到无限惆怅

但人总不能永远做梦

虽然也不可能永远醒着

没辙儿，只好分裂自己

只好还像昨天一样生活

你已年过半百，怎么

还这样幼稚？殊不知

梦也是一种条件反射

一幅漫画，一首讽刺诗

你在梦中觉得人生很单纯

正因为现实生活烟雾腾腾

醒来满不是那回事

只怪你不幸：多了一颗童心

1968 年

选自绿原诗集《人之诗（续编）》，宁夏人民出版社 1983 年 4 月版

花讯

彭邦桢

秋是一个美丽的跃起，一个再春

　　当秋水与秋空的涵碧呈一色的时候

　　一切便跃起欢腾的秋声、跃起金穗的芳香

　　而我也愿是这样一个秋日的歌手

因为我是从成熟的果实里来的

　　所以我的头发便缤纷如秋林的落叶

　　零乱如一把衰草，稀疏如一些枝柯

　　但我的额角却丰盈得如一枚石榴

因为我已经走到秋日里来了

　　我便欣然秋阳的炎灼，欣然秋风的凛冽

　　化繁密为单纯，化混沌为澄清

　　我便跃起一个秋日纯粹的感觉

假如说春是季节的王，夏是季节的后

　　那么秋就是季节的仁者与圣者

　　包容一个存在，包容一个再生

　　所以当冬天来了，秋便把花讯传递给春

　　1968 年

　　选自刘登翰编选《台湾现代诗选》，春风文艺出版社 1987 年 8 月版

一朵青莲

蓉子

有一种低低的回响也成过往　　仰瞻

只有沉寒的星光　　照亮天边

有一朵青莲　　在水之田

在星月之下独自思吟。

可观赏的是本体

可传诵的是芬美　　一朵青莲

有一种月色的朦胧　　有一种星沉荷池的古典

越过这儿那儿的潮湿和泥泞而如此馨美。

幽思辽阔　　面纱面纱

陌生而不能相望

影中有形　　水中有影

一朵静观天宇而不事喧嚷的莲。

紫色向晚　向夕阳的长窗

尽管荷盖上承满了水珠　但你从不哭泣

仍旧有蓊郁的青翠，仍旧有妍婉的红焰

从澹澹的寒波　擎起。

1968 年

选自《蓉子诗选》，中国社会科学出版社 1995 年 4 月版

酒

食指

火红的酒浆仿佛是热血酿成，

欢乐的酒杯溢满过疯狂的热情，

而如今酒杯在我手中激烈地战栗，

波动中仍有你一双美丽的眼睛。

我已经在欢乐中沉醉，

但是为了心灵的安宁，

我还要干了这一杯，

喝尽你那一片痴情。

1968 年

选自《今天》第 8 期，1980 年 4 月

烟

食指

燃起的香烟中飘出过未来的幻梦，
浓厚的云层里挣扎过希望的黎明。
而如今烟缕仿佛是我心中的愁绪，
汇成了低沉的含雨未落的云层。

我推开明亮的玻璃窗，
迎进郊外田野的清风。
我多么想留住这逃走的烟缕，
可那又正是你向我告别的身影。

　　　1968 年

　　　选自《今天》第 5 期，1979 年 9 月

我见到了毛主席

张传铮

我见到了毛主席，
欢悦的心啊，
快要跳出胸膛！
多少个浴血奋战的夜晚，

我站在教室大楼的东侧，
北望那中南海不灭的灯光；
多少个胜利在望的黎明，
我捧着鲜红的毛主席语录，
胸中的红日，光芒万丈。

这是一个阳光灿烂的日子，
我来到了天安门广场，
来到这世界革命的心脏。
多少战友赤诚的问候，
多少亲人殷切的期望，
一时都在我的胸中激荡。
多少年来美好的愿望，
千百万人难得的幸福，
此刻全集中在我的身上！

霎时间，天空中，云裂霞漫，
《东方红》的歌声多么雄壮，
一轮红日升起在天安门上！
毛主席呀我看见了您——
一丝春雨润透了我的心，
一阵东风把我的全身吹遍！
多少贴心的话儿要对您讲，
多少热情的歌儿要对您唱，
"万岁，万岁！"的口号像春雷般鸣响！

擦不干激动的泪花，

平不息沸腾的激情，

我立了青春钢铁的誓言，

在这庄严的天安门广场。

我要一辈子做毛主席忠诚的红小兵，

一辈子当革命英勇的闯将，

生为毛主席生，战为毛主席战，

把红卫兵殷红殷红的热血呵，

洒在阶级斗争的疆场上！

选自南京中学红卫兵《战地黄花》编辑部编《战地黄花——南京中学红卫兵革命诗选》，1968 年

1969 年

小溪

林焕彰

打山和山之间
走下来
沿路吹着口哨唱着儿歌的
那条小溪

（是我遗落的一支笛子，在童年）

如果我们没有遗忘
那该是逃难时
一支瘦小饥饿且带恐惧疲惫了的
儿歌

1969 年 1 月 2 日

选自刘登翰编选《台湾现代诗选》，春风文艺出版社 1987 年 8 月版

赛马日

舒巷城

上午，捧着一叠叠的马经
这是最兴奋的时刻——

他已经捉住了希望

而下午，一只只捉不住的马蹄
踏碎了
他一个礼拜的好梦

然后黄昏
他离开快活谷①
过一个最不快活的晚上

赛马日，常常是这样的：
骑师们骑着马——
而马群骑在他的背上

1969 年 1 月

选自胡国贤编《香港近五十年新诗创作选》，香港公共图书馆 2001 年版

秋夜

朱英诞

夜空真是一席欢乐的盛宴，
也许不久大家就会分散，
那也不要紧；

———————————

①快活谷是香港的赛马场所在地，一名"跑马地"。

我们本来是注定了各自有各自的命运的。

然而，我们还是熟悉地知道；

"四海为兄弟"的诗人的倡议。

像那寒冷的夜空里，

星座分散而又群居。

七月群星是如此稠密，

像乡野的矢车菊，在风中觳觫。

我们的小舟，共济的小舟，

这星球，也是美好的一株。

你不要把它摘来，

应该凝望，离开它远一点，

而又在望——凝视啊要多久就多久，

它是一个幻美和现实的化合体，一杯美酒。

我们漂流在奇异的海洋里；

一个小岛，这么美丽而寂寞，

两个陌生者相遇也会握手言欢，

他们将于此重建家园。

作于 1969 年 2 月 3 日，北京

选自《朱英诞诗文选》，学苑出版社 2013 年 12 月版

悼外祖母

陈建华

对于你，死去便是幸福，
从此得到永久的安宁。
再不受病魔的折磨，
不听见女儿的争吵。

你的晚年像只被弃的老狗，
受尽了惊恐和凌辱；
仍怀着一个强烈的欲念，
无奈我们都充满了失望！

在我记忆中，晦暗的童年
像一群飞蝗的黑影渐渐袭来；
你是忠实的麦田守望者，
伴我们度过清苦的岁月。

我更想起一幅悲惨的图景：
一只雏鸟从异乡归来，
目睹已遭洗劫的母巢，
向苍天发出碎心的哀号。

1969 年 2 月

选自《陈建华诗选》，花城出版社 2006 年 12 月版

延陵季子挂剑

杨牧

我总是听到这山岗沉沉的怨恨
最初的漂泊是蓄意的，怎能解释
多少聚散的冷漠？罢了罢了！
我为你瞑目起舞
水草的萧瑟和新月的凄凉
异邦晚来的捣衣紧追着我的身影
嘲弄我荒废的剑术。这手臂上
还有我遗忘的旧创呢
酒酣的时候血红
如江畔夕暮里的花朵

你我曾在烈日下枯坐
一对濒危的荷菱：那是北游前
最令我悲伤的夏的胁迫
也是江南女子纤弱的歌声啊
以针的微痛和线的缝合
令我宝剑出鞘
立下南旋赠予的承诺……
谁知北地胭脂，齐鲁衣冠
诵诗三百竟使我变成
一个迟迟不返的儒者

谁知我封了剑（人们传说

你就这样念着念着

就这样死了）只有箫的七孔

犹黑暗地叙说我中原以后的幻灭

在早年，弓马刀剑本是

比辩论修辞更重要的课程

自从夫子在陈在蔡

子路暴死，子夏入魏

我们都凄惶地奔走于公侯的院宅

所以我封了剑，束了发，诵诗三百

俨然一能言善道的儒者了……

呵呵儒者，儒者断腕于你渐深的

墓林，此后非侠非儒

这宝剑的青光或将辉煌你我于

寂寞的秋夜

你死于怀人，我病为渔樵

那疲倦的划桨人就是

曾经傲慢过，敦厚过的我

1969 年 4 月

选自刘登翰编选《台湾现代诗选》，春风文艺出版社 1987 年 8 月版

丁香

赵哲

一群女孩子兴冲冲走过，
满怀盛开的丁香。
留下一路芬芳，一路欢唱。

生活里更多的是丁香叶子的苦味啊，
姑娘，
不信，你就尝尝。

1969 年 4 月

选自郝海彦主编《中国知青诗抄》，中国文学出版社 1998 年 2 月版

是谁把春天唤醒

哑默

大地不再沉睡
河面漂着浮冰
万物都复苏
是谁把春天唤醒

我的心
你如此地渴求

是谁把你唤醒

是春潮带来解冻的坼裂声

还是——

从她那里

吹来一丝清新、甜蜜的气息

1969 年 7 月

选自哑默诗文集《墙里化石》，中国致公出版社 1999 年 6 月版

火炬之歌
——《火神交响诗》之一
黄翔

诗人说　我的诗是属于未来的

是属于未来世纪的历史教科书的

　　　一

在远远的天边移动

在黯蓝的天幕上摇晃

是一支发光的队伍

是静静流动的火河

照亮了那些永远低垂的窗帘

流进了那些彼此隔离的门扉

汇集在每一条街巷　路口
斟满了夜的穹庐

跳窜在每一双灼热的瞳孔里
燃烧着焦渴的生命

啊火炬　你伸出了一千只发光的手
张大了一万条发光的喉咙

喊醒大路　喊醒广场
喊醒——世代所有的人们——

被时间遗忘和忘了时间的
思想像机械一样呆板的

情感像冰一样凝固的
血像冰一样冷的

脸上写着愤怒的沉静的
嘴角雕着失神的绝望的

生命像春天一样蓬勃的
充满青春活力的

还有那些溅满污泥的踯躅的脚
和那些成群结队徘徊的影子

连同那些蒙着尘沙的眼睛
和那些积满油腻的污垢的心

啊火炬　你用光明的手指
叩开了每间心灵的暗室

让陌生的互相能够了解
彼此疏远的变得熟悉

让仇恨的成为亲近
让猜忌的不再怀疑

让可憎的倾听良善的声音
让丑恶的看见美

让肮脏的变得纯洁
让黑的变白

你带来了一个光与热统治的世界
一切都是这样清明　高远　圣洁

在你不可抗拒的魔力似的光圈中
全人类体验着幸福的战栗

二

千万支火炬的队伍流动着
像倒翻的熔炉　像燃烧的海

火光照亮了一个庞然大物
那是主宰的主宰　帝王的帝王

那是千年偶像　权力的象征
一切灾难的结果和原因

于是　在通天透亮的火光照耀中
人第一次发出了人的疑问

为什么一个人能驾驭千万人的意志
为什么一个人能支配普遍的生亡

为什么我们要对偶像顶礼膜拜
被迷信囚禁我们活的意念　情愫和思想

难道说　偶像能比诗和生活更美
难道说　偶像能遮住真理和智慧的光辉

难道说　偶像能窒息爱的渴望　心的呼唤
难道说　偶像就是宇宙和全部的生活

让人恢复人的尊严吧

让生活重新成为生活吧

让音乐和善构成人类的心灵吧

让美和大自然重新属于人吧

让每一双眼睛都成为一首诗吧

让每一个人都拆除情感的堤坝吧

让尊荣淹没在时间的灰尘里吧

让时间和人永远伟大吧

让活着成为真实吧

让真实是因为活着吧

让青春经受甘美的惊悸吧

让人生的老年像黄昏一样恬静吧

让人与人不要互相提防吧

让每一个人都配称人吧

啊　沉沉暗夜并不使人忘记晨曦

而只是增强人对光明的渴念

火的语言呀　你向世界宣布吧

人的生活必须重新安排

三

把真理的洪钟撞响吧
　　　　　——火炬说

把科学的明灯点亮吧
　　　　　——火炬说

把人的面目还给人吧
　　　　　——火炬说

把暴力和极权交给死亡吧
　　　　　——火炬说

把供奉神像的心中庙宇捣乱和拆毁吧
　　　　　——火炬说

把金碧辉煌的时代宫殿浮雕和建筑吧
　　　　　——火炬说

多么崇高的火的召唤呀
多么神圣的火的信念呀

多么浓烈的火的气息呀

多么炽热的火的语言呀

火的队伍膨胀了
火的河流泛滥了

火的熔炉白热了
火的大海沸腾了

火焰的手拉开重重夜幕
火光主宰着整个宇宙

人类在烈火中接受洗礼
地球在烈火中重新铸造

火光中　　一个旧的衰老的正在解体
一个新的流血的跳出襁褓

　　1969 年 8 月 13 日上午 10 时窒息中产生灵感；1969 年 8 月 15 日写于热泪纵横中

　　选自唐晓渡编选《在黎明的铜镜中——"朦胧诗"卷》，北京师范大学出版社 1993 年 10 月版

拓荒者之歌

牟敦白

一

有人说荒凉的地域写不出美好的诗歌，
严寒的冰雪冻结了人们的感情，
我也有这样一种错觉，
挥动笔杆好像铁镐敲打着大地……

我们不是孤岛上的鲁滨逊，
垦荒者从不吟风诵月，
这儿没有溪水，没有天鹅
更没有骑着牛吹笛儿的牧童。

温暖的日子如同空中的白云，
经我们的头上忽忽一掠而过，
凛冽的北风却常常伴随着熊熊的野火
可是，你知道吗？
在这寂寞的北方
我们用劳动的汗水浇注着明天的希望。

也会有人说我们会被世人遗忘，
也会有人说劳累使我们抛弃理想。

而我坚定地憧憬着未来，

鲜红的玫瑰也会在荒原上火一样地开放！

　　1969 年 9 月

　　　　二

　　——君不见黄河之水天上来，奔流到海不复回。

　　　　——李白《将进酒》

喝一口浓郁的老酒吧，

纵然，它不会使我们的青春重返，

散尽的金钱也不会复来，

用不着考虑我生能否有用。

喝一口沉郁的老酒吧！

消逝的年华，就像奔腾到海的黄河，

只有我对你的怀念是那样的长久

无丝的春蚕，成灰的蜡烛，

也说不尽我的心意，

喝一口沉郁的老酒吧！

　　1969 年 9 月

　　　　三

舒展一下疲劳的身体，

晒一晒秋天的太阳，

秋天的阳光懒洋洋地照耀着原野

照耀着我们平淡的生活。

枯藤和落叶属于繁华的城市

我们这儿只有飘落的草楷

即使一声孤独的雁鸣

也会引起大伙儿对故乡的怀念

如若想起我对这儿的回忆

请你先看看诺敏江灰蒙蒙的波浪，

这波浪是那样的无力

带着我们的希望流向远方……

1969 年秋末

选自《诗歌月刊·下半月》2006 年第 2 期

给朋友

食指

朋友，你喜欢我的歌

可我只能等心潮退落

在她平坦宽阔的沙滩上

为你寻找一个海螺

我知道你喜欢我的歌

所以我送你一个海螺

朋友，你喜欢我的歌

可我只能等血流缓和

用我绿蓝色的孔雀石静脉

为你铸成一面铜锣

至于热血沸腾的心窝

和那些突突跃动的脉搏

不属于你，也不属于我

她只能属于党和祖国

1969 年秋

选自《食指的诗》，人民文学出版社 2009 年 7 月版

献给第三次世界大战的英雄

佚名

一

摘下发白的军帽，

献上洁白的花圈，

轻轻地

轻轻地走到你的墓前。

用最诚挚的语言，
倾吐我深深的怀念。

北美的百合盛开了，
又凋残，
你在这里躺了一年
又一年。
明天，
早霞开始的时候，
我就将返回那可爱的祖国，
而你
却长眠在大西洋的彼岸，
异国的陵园。
再也听不到你那熟悉的声音，
再也看不到你那亲切的笑脸。
忘不了你那豪爽的姿态啊，
忘不了你那双明亮的眼。
泪水滚滚滴落，
哀声低低回旋。
波涛起伏的追思啊，
将我带回很远，
很远……

二

公园里一块打游击，

井冈山一块大串联，

收音机旁，

我们一字字地倾听着

国防部的宣战令。

——在那令人难忘的夜晚，

战斗的渴望，

传遍了每一根神经；

阶级的仇恨，

燃烧着每一支血管。

在这最后消灭剥削制度的

第三次世界大战中，

我们俩编在同一个班。

我们的友谊从哪里开始

早已无从计算，

只知道她

比山高，比路远。

在战壕里

我们同吃一个面包，

合蘸一把盐，

低哼着同一支旋律，

共盖着同一条军毯。

一字字，一行行，

伟大的真理

领袖的思想

我们俩共同学了一遍又一遍。

红旗下，

怀着对党的忠诚，

献身的欲愿，

我们把紧握枪的手高举起。

立下钢铁誓言

我们愿

愿献出自己的一切，

为了共产主义的实现！

在冲天的火光中，

我们肩并肩，

冲锋在敌人的三百米防线，

冲锋枪向剥削者

喷吐着无产阶级复仇的子弹。

还记得吗？

我们曾饮马顿河畔，

跨过乌克兰草原，

翻过乌拉尔的峰巅，

将克里姆林宫的红星

再次点燃

我们曾沿着公社的足迹，

穿过巴黎的街巷，

踏着《国际歌》的鼓点，

驰骋在欧罗巴的

每一个城镇、乡村、港湾。

瑞士的湖光，

比萨的塔尖，

也门的晚霞，

金边的佛殿，

富士山的樱花，

哈瓦那的烤烟，

西班牙的红酒，

黑非洲的清泉，

这一切啊

都不曾使我们留念！

因为我们有

钢枪在手

重任在肩。

多少个不眠的日日夜夜，

多少次浴血奋战，

就这样

我们战无不胜的队伍，

紧跟着红太阳，

一往无前！

听：

五大洲兄弟的回音，

汇聚成冲刷地球的洪流！

看：

四海奴隶们的义旗，

如星星之火正在燎原！

啊——

世界一片红啊！

只剩白宫一点。

三

夜空里升起了三颗红色信号弹，

你拍拍我的肩：

嘿　伙计

还记得不

在中美战场上见见我们的红心！

——这是二十年前

一位中央政治局委员的发言。

记得！

这是最后的斗争，

人类命运的决战

——就在今天！

军号响了，

我们的红心相通，

疾步向前……

一手是绿叶，

一手是毒箭，

这横行了整整两个世纪的黄铜鹰徽，

被投进了熊熊火焰。

金元帝国的统治者，

一座座大理石总统的雕像，

那僵硬的笑脸

紧舔着拼花的地板。

冲啊！

攻上最后一层楼板，

占领最后一个制高点！

就在这个时候，

突然你扑在我身上，

用友谊和生命，

挡住了从角落里射来的子弹，

罪恶的子弹！

你的身体沉重地倒下去了，

白宫华丽的地板上

留下你殷红的血迹斑斑。

你的眼睛微笑着，

是那样的坦然；

你的嘴角无声地蠕动着，

似乎在命令我：

向前！

向前！

看那摩天楼顶上，

一面夺目的红旗

在呼啦啦地飘扬！

火一般的军旗

照亮了你的目光灿烂！

旗一般红的鲜血
湿润了你的笑脸。

我将你紧紧抱在怀里，
痛苦折磨着我的心里。
空间，消失了！
时间，终止了！
胸中仇恨在燃烧，
耳边是雷鸣电闪。

山岗沉默了，
大海在呜咽。
秋叶缓缓落下，
九月的湿云低沉泪眼。
亲爱的朋友啊，
为什么
为什么在这胜利的时候，
你却永远离开我身边！

四

战火已经熄灭，
硝烟已经驱散。
太阳啊，
从来没有这样和暖；
天空啊，从来没有这样的蓝；

孩子们脸上的笑容，

从来没有这样甜。

毛泽东的教导，

伊里奇的遗言，

马克思的预见，

就在我们这一代实现。

安息吧

亲爱的朋友，

我明白你未完成的心愿。

辉煌的战后建设的重任，

有我们承担；

共产主义大厦，

有我们来修建。

安息吧，

亲爱的朋友，

白云蓝天为你谱新歌，

青峰顶顶为你传花环。

满山的群花血草告诉我们，

这里有一位烈士长眠。

最后一次吻别你的笑脸，

最后一次拥抱你的身躯，

再见了，

亲爱的朋友，

共同的任务，

使我们不能停步不前。

五

山高水险，

归心似箭。

明天早霞开始的时候，

我们就要返回那久别的家园。

汪洋——天水相连，

胸怀里激情未干。

我要向祖国庄严汇报：

母亲啊，

你优秀的儿子，

为人类的幸福，

历史的必然，

而长眠在那

大西洋的彼岸，

异国的陵园。

　　　　选自郝海彦主编《中国知青诗抄》，中国文学出版社 1998 年 2 月版①

---

　　①《中国知青诗抄》原注："《献给第三次世界大战的英雄》是表达一代青年渴望战斗、投身世界革命的长诗，作者不详，1969 年秋从北京传出，后来在全国各地广为传抄。"由之，本书将该诗编入 1969 年秋。

水声

洛夫

由我眼中

升起的那一枚月亮

突然降落在你的

掌心

你就把它折成一只小船

任其漂向

水声的尽头

我们横卧在草地上

一把湿发

涌向我的额角

我终于发现

你紧紧抓住的仅是一把

生了锈的钥匙

你问：草地上的卧姿

是不是从井中捞起的那幅星图？

鼻子是北斗

天狼该是你唇边的那颗黑痣了

这时，你遽然坐了起来

手指着远处的一盏灯说：

那就是我的童年

总之，我是什么也听不清了

你的肌肤下

有晚潮澎湃

我们赶快把船划出体外吧

好让水声

留在尽头

　　　1969 年 10 月 30 日

　　　选自流沙河编著《台湾诗人十二家》，重庆出版社 1983 年 8 月版

新叶

蔡其矫

新叶呀！

你迎接新的春天，

伸出这么多透明的小手，

捕捉每一缕灿烂的阳光，

看着你我就心情舒畅。

我也想学习你的榜样，

对每一天都充满欢乐，

迅速地朝更高处生长，

向更广大的世界眺望。

　　　1969 年

　　　选自蔡其矫诗集《生活的歌》，人民文学出版社 1982 年 7 月版

山雨

蔡其矫

为什么山雨来时常有狂风，

吹得树枝折断，屋瓦飞扬，

迅雷闪电又来助阵，

倾盆大雨遮天盖地？

但是它又渐渐消失，

于是每一丘垅田挂着瀑布，

每一座山峦格外青翠，

河流宽了，道路净了，

忧患的心呀不要哭泣！

1969 年

选自蔡其矫诗集《生活的歌》，人民文学出版社 1982 年 7 月版

我的幻想

顾城

我在幻想着，

幻想在破灭着；

幻想总把破灭宽恕，

破灭却从不把幻想放过。

1969 年

选自《顾城诗全编》，上海三联书店 1995 年 6 月版

我看见一场战争
—— 《火神交响曲》之三

黄翔

我看见一场战争　一场无形的战争

它在每一个人的脸部表情上进行着

在无数的高音喇叭里进行着

在每一双眼睛的惊惧不定的

　　　　　　　眼神里进行着

在每一个人的大脑皮层下的

　　　　　　　神经网里进行着

它轰击着每一个人　轰击着每一个人身上的

　　　生理的和心理的各个部分和各个方面

它用无形的武器发动进攻　无形的刺刀

　　　　　　大炮和炸弹发动进攻

这是一场罪恶的战争

它是有形的战争的无形的延续

它在书店的大玻璃橱窗里进行

在图书馆里进行　在每一首教唱的歌曲里

　　　　　　　进行

在小学一年级的启蒙教科书上进行

在每一个家庭里进行　在无数的群众集会上进行

在每一个动作　每一句台词都一模一样的

　　　　　　　　演员的艺术造型上进行

我看见刺刀和士兵在我的诗行里巡逻

在每一个人的良心里搜索

一种冥顽的　愚昧的　粗暴的力量

　　　　　　　　　压倒一切　控制一切

在无与伦比的空前绝后的暴力的

　　　　　　　　进攻面前

我看见人性的性爱在退化

活的有机体心理失调

精神分裂症泛滥　个性被消灭

啊啊　你无形的战争呀　你罪恶的战争呀

你是两千五百多年封建极权战争的

　　　　　　　　　　延长和继续

你是两千五百多年精神奴役战争的

　　　　　　　　　集中和扩大

你轰吧　炸吧　杀吧　砍吧

人性不死　良心不死　人民精神自由不死

人类心灵中和肌体上的一切自然天性

　　　　　　　　　　和欲望

永远洗劫不尽　搜索不走

　　　1969 年

　　　　选自唐晓渡编选《在黎明的铜镜中——"朦胧诗"卷》，北京师范大学出版

社 1993 年 10 月版

伤蝶

纪弦

受了伤的蝴蝶，
已再不能起飞。

它那镀金嵌玉黑天鹅绒的一对翅翼，
究竟是怎样破损了的？断折了的呢？

那些图案，多么华美！

而总之，总之啊，
就连制成标本的资格
都没有了，都没有了……

1969 年

选自《纪弦精品》，人民文学出版社 1995 年 5 月版

1970^年

汗马吟

朱英诞

侧耳细听
明驼忧郁的铃响，
缅想起邂逅的绿洲……
可是，那是过去的事了。
路是一条闪电，目前，
我们时代需要的是那
汗马担负起天下的兴亡！
她在白杨下依风长嘶
四只铁蹄，四个节拍
发出四样不同的踏声，
轻重急徐……像生命——
高歌与微吟。

作于 1970 年 1 月 20 日，北京
选自《朱英诞诗文选》，学苑出版社 2013 年 12 月版

溪流

碧果

且叠起千层晚红

有山进入

乃蛇之躯

那女子

踩笛音而入画

牧童之脸

乃潭雨的小径

袅袅然

那株纤柳点醒一季

晨。竹帘轻卷

笛音中

有雪

寝自遥远

且叠起千层晚红

那女子　已

入画。

乃蛇之躯

闪闪。

1970 年 3 月写于外双溪

选自人民文学出版社编辑部编《台湾诗选（二）》，人民文学出版社 1982 年
7 月版

随雨声入山而不见雨

洛夫

撑着一把油纸伞
唱着"三月李子酸"
众山之中
我是唯一的一双芒鞋

啄木鸟　空空
回声　洞洞
一棵树在啄痛中回旋而上

入山
不见雨
伞绕着一块青石飞
那里坐着一个抱头的男子
看烟蒂成灰

下山
仍不见雨
三粒苦松子
沿着路标一直滚到我脚前
伸手抓起
竟是一把鸟声

1970 年 4 月 6 日

选自洛夫诗集《烟之外》，江苏文艺出版社 2010 年 12 月版

有鸟飞过

洛夫

香烟摊老李的二胡
把我们家的巷子
拉成一绺长长的湿发

院子里的门开着
香片随着心事　　向
杯底沉落
茶几上
烟灰无非是既白且冷
无非是春去秋来

你能不能为我
在藤椅中的千种盹姿
各起一个名字？

晚报扔在脸上
睡眼中
有
鸟
飞过

　　1970 年 7 月 5 日

　　选自流沙河编著《台湾诗人十二家》，重庆出版社 1983 年 8 月版

鹰的诞生

牛汉

啊，谁见过，
鹰怎样诞生？

在高山峡谷，
鹰的窠，
筑在最险峻的悬崖峭壁，
它深深地隐藏在云雾里。

仰望着鹰窠，
像瞅着夜天上渺茫的星星。
虎豹望着它叹息，
毒蛇休想爬上去，
猎人的枪火也射不了那么高！

江南的平原和丘陵地带，
鹰的家筑在最高的大树上
（哪棵最高就筑在哪棵上）
树尖刺破天，
风暴刮不弯。

鹰的窠，

简简单单，十分粗陋，

没有羽绒或茅草，

没有树叶和细泥，

全是些污黑污黑的枯树枝

还夹杂了许多荆棘芒刺。

它不挡风，不遮雨，

没一点儿温暖和安适！

鹰的蛋，

颜色蓝得像晴空，

上面飘浮着星云般的花纹

它们在鹰窠里闪闪发光。

鹰的蛋，

是在暴风雨里催化的，

隆隆的炸雷

唤醒蛋壳里沉睡的胚胎，

满天闪电

给了雏鹰明锐的眼瞳，

飓风十次百次地

激励它们长出坚硬的翅膀，

炎炎的阳光

铸炼成它们一颗颗暴烈的心。

啊，有谁看见过，

雏鹰在旷野上学步？

又有谁看见过，

雏鹰在屋檐下面歇翅？

雏鹰不是在平地和草丛里行走的禽类

它们的翅羽还很短小的时候，

就扇动着，鸣叫着

钻进高空密云里学飞。

风暴来临的时刻，

让我们打开门窗，

向茫茫天地之间谛听，

在雷鸣电闪的交响乐中，

可以听见雏鹰激越而悠长的歌声。

鹰群在云层上面飞翔，

当人间沉在昏黑之中，

它们那黑亮的翅膀上，

镀着金色的阳光。

啊，鹰就是这样诞生的。

1970 年夏，咸宁

选自《牛汉诗选》，人民文学出版社 1998 年 2 月版

老贫农请毛主席像

屠林明

老贫农，喜洋洋，
走进书店请领袖像。
书店一片红光闪，
毛主席画像挂满墙。
老贫农乐得心花开，
忙对营业员把话讲：

请一张，领袖像，
毛主席站在天安门上，
眼望远方挥巨手，
他为我们指航向。
毛主席啊！
贫下中农紧紧跟着您，
誓叫全球红旗扬。

请一张，领袖像，
毛主席挥笔写文章。
雄文四卷金光闪，
山山水水全照亮。
毛主席啊！
我们世世代代读您的书，

革命大印牢牢掌。

请一张，领袖像，

各族人民围在毛主席身旁，

万颗星辰朝北斗，

千朵葵花向太阳。

毛主席啊！

我们高举"九大"团结、胜利的旗帜，

步步走在您的革命路线上。

老贫农请领袖像，

请了一张又一张，

含着热泪细端详，

心中升起红太阳。

毛主席啊！

咱无限喜悦涌心上，

衷心祝愿您万寿无疆！万寿无疆！！

　　选自上海人民出版社编辑《颂歌献给毛主席》，上海人民出版社 1970 年 9 月版。原书作者名前署：奉贤县齐贤公社。

红光万道照大海

田永昌

千般喜呵万般爱，

毛主席像章发下来，
手捧像章唱颂歌，
革命豪情滚滚来。

捧像章呵豪情来，
毛主席像章胸前戴，
好像领袖到舰上，
红光万道照大海。

谁说北京离咱远？
北京东海紧相挨；
伟大舵手毛主席呵，
天天和咱在一块。

晨驾战舰去巡航，
朝霞朵朵放异彩，
想起领袖毛主席，
惊涛骇浪脚下踩。

夜乘战舰保祖国，
刀枪闪闪守大海，
想起领袖毛主席，
革命斗志冲天外！

身在舰位想世界，
五洲四海装胸怀，

心中太阳永不落呵，

高举红旗向未来！

　　　选自上海人民出版社编辑《颂歌献给毛主席》，上海人民出版社 1970 年 9 月版。原书作者名前署：东海舰队。

楠竹歌
　　　——江南林区三唱之三

郭小川

小兴安岭的深山里，

青松如海碧；

长江南岸的林区中

楠竹满山绿。

从前有过《青松歌》，

如今再把楠竹歌一曲。

北方的青松呵，

有最好的英雄气质：

在狂风暴雨中

坚定不移；

在寒流大雪下

苍然挺立。

南方的楠竹呵，

似乎不能与青松相比；

我们敬重青松，

但也不能把楠竹贬低；

青松如同老兵，

楠竹如同少女。

在我们的时代里，

少女也有英雄志；

不爱红装，

爱绿色军衣；

不爱孤独，

爱投身于群体。

她的忠贞本性，

世世代代不变易：

一身光洁，

不教尘土染青枝；

一派清香，

不许歪风留邪气。

她永远保持的是——

蓬勃朝气！

风来雨去，

满身飒爽英姿；

霜下雪下，

照样活跃不息。

她埋头苦干，

情愿在深山久居；

土生土长，

为的是八方四域；

根固根深，

为的是千秋万世。

她发展进步，

只争朝夕：

一株竹笋出生，

半月升高十尺；

一月长成大竹，

几年就是战士。

她在阶级斗争中，

顽强而锋利：

竹弓竹箭，

能射豪绅死；

竹刺竹桩，

能阻不义师。

她不务虚名，

但求实际：

做根扁担，

能挑千万里；

做副箩筐，

能装百斤米。

她的根干枝叶，

统统献给社会主义；

纵然当做柴烧，

也要煮熟饭食；

纵然化为灰烬，

也要养肥田地。

——一曲楠竹唱心意，

诚心诚意寄战士；

曲短意长歌不尽，

愿将生命化竹枝！

毛泽东思想传天下，

一代新人如同新竹平地起……

1970 年 10 月于湖北咸宁

选自《郭小川诗选》，人民文学出版社 1977 年 12 月版

匹茨堡

商禽

薄雾中的驰车好似逃脱的鱼

匹茨堡或许就要消逝了

我看见那座城

在一只上升的气球中

失掉它的是一个女孩小黑人

其实那座城并不存在而只是一个树林

其实那个树林并不存在而只是一棵树

其实那棵树并不存在而只是一丛树叶

其实那些树叶并不存在而只是一群鸟

其实那群鸟并不存在而只是一些悲鸣

众鸟啁啾，黑人一句话都不说

气温正在下降

我望着远方　虽只是早上九点　我仿佛已经

看见了　落日　黄昏

1970 年 11 月

选自张默等编《中国现代文学大系（1970－1989）·诗卷一》，九歌出版社
1989 年 5 月版

夜歌之一：如何抵抗树影

杨牧

会有一队捣碎了的树影

在我们完全辨识之前，遽尔

占领你的窗

而这据说是无妨的

只要他们不留脚印在雪上

并且准时撤走

静静地撤走

若是他们留脚印在雪上

如浣熊的行径，种植些错落的

浅而冰凉的忍冬

若也只是忍冬，也还是

无妨，因为我可以

将帘幕拉起来

在屋里生火

如此你便也已经

驱逐了他们。若是他们甚且

涌进了你的屋

且以昔年的风雨

威迫一张床，不如飨他们以新酿

或篆烟——据说入侵的树影

最怕的还是酒和先秦

1970 年 12 月 27 日

选自流沙河编著《台湾诗人十二家》，重庆出版社 1983 年 8 月版

幻灭——希望

周陞

幸福、爱情，这朝朝夕夕的期冀
已如淡淡的薄雾消释了，消释了
——像晨露滴落下琼叶，
　　　像热泪在冰雪中消融。

远去了，远去了，离我远去了，
你慢慢地隐去，缓步悄行。
徒望着你飘忽的背影，
倾听着你轻移的足音，
哪还有金黄的双手
　　　　　　把我引渡天庭？

合拢了，合拢了，命运之神合拢了睡眼，
　　　　　　　　　　结我一副倦容，
再也求不开你的双眼，投我一线希冀的光焰，
爱神也在我面前合上了翅翼，
记得我曾期盼在你的遮蔽下安睡，流连？
再让我用余泪向天国祭礼，
哦，可还记得从前的悸动和钦慕？
战栗的手掌，托起吧，
　　　　　再托起这颗希望的心

心呀，心呀，可听见我低低的絮语，

感受着爱的柔情？

升华，升华，你升华吧，

再走进我理想的殿堂与圣厅

与此浮沉的多少时日，闭紧了你的门庭，

又点燃起一炬天火，照亮殿堂的壁屏，

这才是属于我的一切！

我舒展开双臂，把你紧紧抱擎

哦，这才是我的生命，

生命之泉就在这里潺潺，

连心的血肉供奉在心爱的厅堂。

掸拭去角落的纤尘和渍染，

或许是最后一次的顶礼和祭殇。

仰睇着天国的微光，

一切都消隐了，阖拢眼睑静静想。

双掌掩埋起面颊

心田的悲泪渗过指缝，缓缓流淌。

——哦，又何必呢？早年的灯塔熄灭了，

它毕竟是少女的幻思与遐想。

人世间可还有一副黄金的双手，

能为我燃点永恒的亮光，

——把我这期待的叹息，吐向虚渺的太苍。

1970 年 12 月于北京

选自郝海彦主编《中国知青诗抄》，中国文学出版社 1998 年 2 月版

广场

白荻

所有的群众一哄而散了
　　　　　　　　　回到床上去
拥护有体香的女人

而铜像犹在坚持他的主义
对着无人的广场
振臂高呼

只有风
顽皮地踢着叶子嘻嘻哈哈
在擦拭那些足迹

1970 年

选自马悦然、奚密、向阳主编《二十世纪台湾诗选》，麦田出版 2005 年 8
月版

悬崖边的树

曾卓

不知道是什么奇异的风

将一棵树吹到了那边——

平原的尽头

临近深谷的悬崖上

它倾听远处森林的喧哗

和深谷中小溪的歌唱

它孤独地站在那里

显得寂寞而又倔强

它的弯曲的身体

留下了风的形状

它似乎即将倾跌进深谷里

却又像是要展翅飞翔……

1970 年

选自曾卓诗集《悬崖边的树》，四川人民出版社 1981 年 9 月版

生之喜悦

纪弦

何其料峭的台北啊！

就连久违了的阳光，

都被那些寒风

吹成淡淡的了。

而雨后的二三萌芽，

却不声不响的，

带一脸生命的喜悦，

顶开了封冻的泥土。

1970 年

选自《纪弦精品》，人民文学出版社 1995 年 5 月版

都市的五角亭

罗门

他死拉住都市不放。

都市也死拉住他不放。

一　送早报者

"昨日"没有被毙掉

"昨日"坐印刷机偷渡回来了

那是牛奶瓶的声响之前

安娜还未游出臂弯之前

他的两辆车冲在太阳的独轮车之前

"昨日"像花园被他搬了回来

人们的眼睛擦亮成瓶子

等着种各式各样的花

文明开的花　炸弹开的花

上帝爱看或不爱看的花

二　擦鞋匠

他与他的工具箱

坐成 L 形的吸尘器

坐成一小小的沙漠

在风沙里

他的手是拉不断的绳索

　将太阳直拉到那老地方

当那些装运阳光的船

　一只一只地启航

他已分不出自己的手

　　　　　是帆

　还是仙人掌

三　餐馆侍者

总是将身子弯成

　方向不对的 V 形

让那只停在白领上的黑蝴蝶

　　飞出一位编号的绅士来

在白兰地与笑声涌起的风浪里

游艇与浪花留一些美丽的泡沫给他

对着满厅紊乱的食盘

他摸摸那只飞不进花园的黑蝴蝶

  摸摸胸前那排与彩券无关的号码

  摸摸自己

他整张脸便一下被请到灯的另一边

四 歌女

天一黑

某些东西不是找她按摩

   便是接受她的电疗

在那一击便着火的空气里

她是一只 RONSON 牌打火机

夜是一支大麻烟

声喉一伸

便伸成市民常去散步的那条路

那条路往前走 是第五街

    再往前走 是她的花园

    再往前走 是她花园里的喷水池

    再往前走 是那死在雾里的虚墟

        荒凉如次晨她那张

         被脂粉遗弃的脸

五 拾荒者

当嗅到亮处的一小片蓝空

他的鼻孔是两条地下排水道

在那种地方　还有哪一种分析学

较他的手更能分析他的明天

背起拉屎的城

背起开花的坟地

他在没有天空的荒野上

　　走出另一些云彩来

在死的钟面上

　呼醒另一部分岁月

1970 年

选自刘登翰编选《台湾现代诗选》，春风文艺出版社 1987 年 8 月版

母亲为儿子请罪

　　——为安慰孩子们而作

绿原

对不起，他错了，他不该

为了打破人为的界限

在冰冻的窗玻璃上

画出了一株沉吟的水仙

对不起，他错了，他不该
为了添一点天然的色调
在万籁俱寂时分
吹出了两声嫩绿色的口哨

对不起，他错了，他不该
为了改造这心灵的寒带
在风雪交加的圣诞夜
划亮了一根照见天堂的火柴

对不起，他错了，他糊涂到
在污泥和阴霾里幻想云彩和星星
更不懂得你们正需要
一个无光、无声、无色的混沌

请饶恕我啊，是我有罪——
把他诞生到人间就不应该
我哪知道在这可悲的世界
他的罪证就是他的存在

1970 年

选自绿原诗集《人之诗（续编）》，宁夏人民出版社 1983 年 4 月版

重读《圣经》

　　——"牛棚"诗抄第 n 篇

绿原

儿时我认识一位基督徒，
他送给我一本小小的"福音"，
劝我用刚认识的生字读它：
读着读着，可以望见天堂的门。

青年时期又认识一位诗人，
他案头摆着一本厚厚的《圣经》，
说是里面没有一点科学道理，
但不乏文学艺术最好的味精。

我一生不相信任何宗教，
也不擅长有滋味的诗文。
惭愧从没认真读过一遍，
尽管赶时髦，手头也有它一本。

不幸"贯索犯文昌"：又一次沉沦，
沉沦，沉沦到了人生的底层。
所有书稿一股脑儿被查抄，
单漏下那本异端的《圣经》。

常常是夜深人静，倍感凄清，
辗转反侧，好梦难成，
于是披衣下床，摊开禁书，
点起了公元初年的一盏油灯。

不是对譬喻和词藻有所偏好，
也不是要把命运的奥秘探寻，
纯粹是为了派遣愁绪：一下子
忘乎所以，仿佛变成了但丁。

里面见不到什么灵光和奇迹，
只见蠕动着一个个的活人。
论世道，和我们的今天几乎相仿，
论人品（唉）未必不及今天的我们。

我敬重为人民立法的摩西，
我更钦佩推倒神殿的沙逊：
一个引领受难的同胞出了埃及，
一个赤手空拳，与敌人同归于尽。

但不懂为什么丹尼尔竟能
单凭信仰在狮穴中走出走进；
还有那彩衣斑斓的约瑟夫
被兄弟出卖后又交上了好运。

大卫血战到底，仍然充满人性：

《诗篇》的作者不愧是人中之鹰；

所罗门毕竟比常人聪明，

可惜到头来难免老年痴呆症。

但我更爱赤脚的拿撒勒人：

他忧郁，他悲伤，他有颗赤子之心：

他抚慰，他援助一切流泪者，

他宽恕，他拯救一切痛苦的灵魂。

他明明是个可爱的傻角，

幻想移民天国，好让人人平等。

他却从来只以"人之子"自居，

是后人把他捧上了半边天。

可谁记得那个千古的哑谜，

他临刑前一句低沉的呻吟：

"我的主啊，你为什么抛弃了我？

为什么对我的祈祷充耳不闻？"

我还像马丽娅·马格达莲致敬：

她误落风尘，心比钻石更坚贞，

她用眼泪为耶稣洗过脚，

她恨不能代替恩人去受刑。

我当然佩服罗马总督彼拉多：

尽管他嘲笑"真理几文钱一斤？"

尽管他不得已才处决了耶稣，

他却敢于宣布"他是无罪的人！"

我甚至同情那倒霉的犹大：

须知他向长老退还了三十两血银，

最后还勇于悄悄自缢以谢天下，

只因他愧对十字架的巨大阴影……

读着读着，我再也读不下去，

再读便会进一步堕入迷津……

且看淡月疏星，且听鸡鸣荒村，

我不禁浮想联翩，惘然期待着黎明……

今天，耶稣不只钉一回十字架，

今天，彼拉多决不会为耶稣讲情，

今天，马丽娅·马格达莲注定永远蒙羞，

今天，犹大决不会想到自尽。

这时"牛棚"万籁俱寂，

四周起伏着难友们的鼾声。

桌上是写不完的检查和交待，

明天是搞不完的批判和斗争……

"到了这里一切希望都要放弃。"

无论如何，人贵有一点精神。

我始终信奉无神论：

对我开恩的上帝——只能是人民。

1970 年

选自绿原诗集《人之诗》，人民文学出版社 1983 年 4 月版

来自某地界的呼唤

辛郁

　　　　——也许

　　　活着就是一种呼唤

　　　永远的

　　　响起自生命的中央地界

荒烟垂落似发

自恋之一男子

在城的骨梗间

吞着一片空虚

　　　　　　他

念罢生意经而

又念罢消闲经

又念罢养生经

又念罢女人经

又念罢山海经

念着念着经的

他

曾是十分男子地

将自己放置在他

所选定的方位上

——等候一种意义的

初生与再现

而举目只见

日渐远去的大漠

幻化的仙人掌擎着

没有彤云的天空如一只无翅之鹏

于是　有一种声音向他呼唤

　　　　有一种颜色向他呼唤

　　　　有一种香气向他呼唤

　　　　有一种温度

　　　　有一种性格

向他呼唤呼唤他以

一小片寂

一小滴白

一小撮甜

呼唤他以

火的激情与山的坚韧

也许活着

呼唤永远的响起

自生的中央地界

　　1970 年

　　选自刘登翰编选《台湾现代诗选》，春风文艺出版社 1987 年 8 月版

1971年

月亮和老乡

商禽

一

月
施施然从林梢踱出来

冷
许是树枝想要说的话吧

冰
晶明地把话语给冻住了

二

慢拖拖地从林中踱出来
黄苍苍地
醉醺醺地
一张山东大汉印堂脸

是收车了的老赵么
总是把三轮停在门前
再转到木屋后边

对着马场町那片荒草小便

三

林木冰立

月脸黄圆

山东山西

贵州四川

河南河北

大陆台湾

老乡！好高兴在外国相遇

多想用中国话和你寒暄几句

却又怕你只会说英文

只好背转身来故意不看你

四

灯下

读着妻的来信

不知何时

烟蒂已经从烟灰缸的

边缘　跌落

而月亮一定越高越小暖意全消了

1971 年 1 月

选自张默等编《中国现代文学大系（1970 – 1989）·诗卷一》，九歌出版社

1989 年 5 月版

寄杭城

舒婷

如果有一个晴和的夜晚，

也是那样的风，吹得脸发烫；

也是那样的月，照得人心欢；

呵，友人，请走出你的书房。

谁说公路枯寂没有风光，

只要你还记得那沙沙的足响；

那草尖上留存的露珠儿，

是否已在空气中消散？

江水一定还那么湛蓝湛蓝，

杭城的倒影在涟漪中摇荡。

那江边默默的小亭子哟，

可还记得我们的心愿和向往？

榕树下，大桥旁，

是谁还坐在那个老地方？

他的心是否同渔火一起，

漂泊在茫茫的江天上……

　　　1971 年 5 月

　　　选自《舒婷的诗》，人民文学出版社 1994 年 11 月版

诺敏江的波浪①

牟敦白

你笑了……缱绻而静谧，

无声地……

——犹如春季雨水的影子，

洗涤了蕴藏在心中的疑虑。

……我们没有咏叹闪烁的星辰，

夜幕，和上弦的眉月，

听吧，摇曳的绿叶伴随着晚风

      呢喃细语

你笑了，和以往一样，无声地……

你知道，我在缅怀，遐想，

诺敏江的波浪追逐着飘落的野花，

颓斜的茅屋，草原上的小路，

或者，让我们朦胧的猜疑，

沿着它寻找河岸边的忍冬。

你笑了……无声地，

———————————

①诺敏江：嫩江支流，距作者所在垦区 30 公里，具有北国荒芜之美。作者曾前往江边访寻插队的北京知青。

像雪花轻轻地落在

我的低吟中，梦境里。

别抱怨我们咫尺天涯，

——相距这样近，又那样的远，

相信我吧，

就是四季的影子，

在你的微笑中徘徊，萦绕

你笑了……缱绻而静谧，

无声地……

1971 年 6 月 3 日

选自郝海彦主编《中国知青诗抄》，中国文学出版社 1998 年 2 月版

檐下夜雨

李发模

夜雨哗哗啦啦，

檐水滴滴答答。

房檐下，

夹一束爷孙对话：

"爷爷，你去……

戴上斗笠，我扛犁耙。"

"嘘——，小声点，
可别吵醒了——他。"

"打田犁耙一整天，
刚才吹灯睡着啦。
下队蹲点半个月哟，
重活哪回少过他……"

"认真读书抓根本，
汗水都为革命洒。
提起公社张书记，
谁不跷着指拇夸！"

爷爷突然不开腔，
指指那边努嘴巴：
"傻姑娘，别说啦，
那走出来的好像是他？"

张书记噗哧一声笑，
门缝里滚出一句话：
"你看，公开吧，
这不把我当外人啦！"

孙女猛听吃一惊，
"啊！"失脚踩一身稀泥巴。
这时候，雷鸣电闪雨更大，

田里秧苗正抽芽……

1971 年 6 月

选自贵州人民出版社编《工农兵诗选》，贵州人民出版社 1972 年 7 月版

韶山红日普天照

陆萍

珠穆朗玛峰刺破九霄，
谁都说她海拔最高。
对这个结论咱完全赞同，
却不料师傅老张直把头摇。

"她是世界的屋脊啊，
师傅，难道你不知道？
天下高山千千万，
哪座比得了珠峰高？"

师傅昂头挺起腰，
严峻的情思飞上眉梢：
"我说韶山最高最高，
因为她的高度无法测到，
是她撑开了茫茫天地，
托出一轮红日普天照。
峥嵘岁月映山水，

赢得红旗四海飘；

她横空出世顶天立，

架设着通往共产主义的金桥。"

师傅的话语情深意豪，

激起咱心海千层波涛，

韶山的阳光飞进车间，

张张笑脸绽开了幸福的花苞。

选自上海人民出版社编辑《千歌万曲献给党》，上海人民出版社 1971 年 6 月版。原书作者名前署：上海国棉二厂。

携手紧跟毛主席

周银宝

漓江岸边，春水扬起金浪银波，

西藏高原，雪峰捧着红霞万朵，

茫茫草甸，琴音洒遍千里牧场，

巍巍天山，阳光照彻密林河谷……

朝霞是这样绚烂，山河是这样壮阔，

红日升起在各族兄弟的心窝；

多少贴心的颂歌要向毛主席唱啊，

多少深情的话儿要向毛主席说。

呵，高擎壮锦的边疆儿女，

一幅壮锦，一腔挚情的吐露；

东风染红了南国的万重山岭，

千针万线绣不完毛主席带来的幸福。

呵，手捧哈达的翻身农奴，

热泪呀，为什么还在眼中闪烁；

抚摸着身上被领主鞭打的伤痕，

忘不了，是谁给我们砸碎了千年枷锁。

呵，蒙古牧民手中的马头琴，

维吾尔大叔怀里的热瓦甫，

向着北京，一起高奏《东方红》，

乐声里，表达了多少热爱和祝福……

看，千山万水奔腾着继续革命的洪流，

地北天南回荡着团结战斗的凯歌，

各族人民携手紧跟领袖毛主席啊，

去实现灿烂的共产主义宏图。

　　　　选自上海人民出版社编辑《千歌万曲献给党》，上海人民出版社 1971 年 6 月版

生命幻想曲

顾城

把我的幻影和梦，
放在狭长的贝壳里。
柳枝编成的船篷，
还旋绕着夏蝉的长鸣。
拉紧桅绳
风吹起晨雾的帆，
我开航了。

没有目的，
在蓝天中荡漾。
让阳光的瀑布，
洗黑我的皮肤。

太阳是我的纤夫。
它拉着我，
用强光的绳索
一步步，
走完十二小时的路途。
我被风推着
向东向西，

太阳消失在暮色里。

黑夜来了，
我驶进银河的港湾。
几千个星星对我看着，
我抛下了
新月——黄金的锚。

天微明，
海洋挤满阴云的冰山，
碰击着，
"轰隆隆"——雷鸣电闪！
我到哪里去呵？
宇宙是这样的无边。

用金黄的麦秸，
织成摇篮，
把我的灵感和心
放在里边。
装好纽扣的车轮，
让时间拖着
去问候世界。

车轮滚过
百里香和野菊的草间。
蟋蟀欢迎我

抖动着琴弦。

我把希望溶进花香。

黑夜像山谷,

白昼像峰巅。

睡吧!合上双眼,

世界就与我无关。

时间的马,

累倒了。

黄尾的太平鸟,

在我的车中做窝。

我仍然要徒步走遍世界——

沙漠、森林和偏僻的角落。

太阳烘着地球,

像烤一块面包。

我行走着,

赤着双脚。

我把我的足迹——

像图章印遍大地,

世界也就溶进了

我的生命。

我要唱

一支人类的歌曲,

千百年后

在宇宙中共鸣。

1971 年盛夏自潍河归来

选自《顾城诗全编》，上海三联书店 1995 年 6 月版

畜牧房的早晨

黄亚洲

豁亮的灯火，
把畜牧房照得通明。
将一将汗水浸淋的发梢，
送走了一天繁星。

饲养员的心头，
像洒下千滴甘霖；
十二只新猪崽，
偎着母猪亮晶晶。

守了三个宵夜，
看他们，熬红了眼睛。
这算啥？冷水洗把脸，
嘴角依然笑盈盈。

一年前，听人喊声"猪大妈"，
脸发烧，眉皱紧。

而今，还是这间畜牧房，

嘿！这样的亮，这样的亲。

一年前，挑起两担猪栏粪

步不稳，难为情。

而今，担子一上肩，

嘿！不哼支歌儿不过瘾。

栏边，几声笑语，

心头，一片激情。

顺手把门窗打开，

请进晨曦呵，请进黎明。

啊！东方第一束阳光，

此刻正从窗口射进，

映照吧，阳光，

映红这队年轻的兵！

选自杭州市文化局革委会《向着太阳歌唱》编辑组编《向着太阳歌唱》，浙江人民出版社 1971 年 9 月版。原书作者名前署：浙江生产建设兵团。

热处理工

陈未根

窗外烈日炎炎，

炉中温度近千，

狠批活命哲学，

笑与烈火作伴。

革命的热处理工，

为大跃进奋战三伏天，

手落，池中雷声滚滚，

手起，炉旁电光闪闪。

炽热的炉边，

铸就一身铁骨钢肩，

火红的池里，

为社会主义改地换天。

选自杭州市文化局革委会《向着太阳歌唱》编辑组编《向着太阳歌唱》，浙江人民出版社 1971 年 9 月版

大雁

郭小林

秋风吹落了红霞，

落遍满是枫林的远山。

夏天要走了，

带着她的孩子——大雁。

看呀，她扇着翅膀，

向我们频频地"再见"。

大雁呀，我承认，
飞鸟中也许是你最不平凡。
你善于在天海中远航，
鼓起那一双羽毛的风帆。
有时，你也能搏击风雨，
而且那整齐的队形依然不乱。
有时，你也能唱着欢歌。
飞过金色的田园。

我不能不赞美你，
远足海角天边。
不能不赞美你，
身体秀美而矫健。
但是呵，你
却算不得一条英雄好汉——
你从来没有决心，
用双手把困境改变；
你从来也不愿意
和我们一起留在冬天。

严寒来了，
你急忙把行装打点；
温暖去了，
你的歌声也成了呜咽。

你甚至来不及分享，

我们丰收的狂欢；

你也顾不得。

人们对你临阵脱逃的责难。

纵然你有一千条理由，

也不能使我取消这一点意见。

大雁呵，

让我再一次把你规劝：

不要那么高傲吧，

把自己比做鸟中之仙。

那些卑贱的鸟儿，

不正和人民一起共苦同甘？

那勤快的"森林医生"啄木鸟，

巡医投药把千里林区走遍。

严冬的每个冰冷的早晨，

"咚咚"的叩问声都在清晰地回旋。

那不分冬夏消灭害虫的，

正是性急如火的杜鹃。

就连那些平庸的鸦雀，

也常在麦地里把田鼠追歼……

厌恶寒冷，

就应当以自己的热情创造温暖；

鄙弃落后，

就更应激起实现理想的无比勇敢。

为什么要甘做害怕困难的懦夫？

为什么不愿当那不畏风暴的海燕？

啊，大雁，

让艰苦磨难把翅膀练得更强更硬吧，

让崇高的理想使你目光更广更远！

让我们共同去奋勇创造吧，

创造一个永远温暖，无限幸福的明天！

1971 年 11 月 12 日

选自郝海彦主编《中国知青诗抄》，中国文学出版社 1998 年 2 月版

民歌

余光中

传说北方有一首民歌，

只有黄河的肺活量能歌唱

从青海到黄海

　风　也听见

　沙　也听见

如果黄河冻成了冰河

还有长江最母性的鼻音

从高原到平原

　鱼　也听见

　龙　也听见

如果长江冻成冰河

还有我，还有我的红海在呼啸

从早潮到晚潮

　　醒　也听见

　　梦　也听见

有一天我的血也结冰

还有你的血他的血在合唱

从 A 型到 O 型

　　哭　也听见

　　笑　也听见

　　　1971 年 12 月 18 日

　　　选自《余光中诗选》，海峡文艺出版社 1988 年 3 月版

慈恩塔

羊令野

把长长的颈项伸出

投影于一面云水的镜子

右手捧着一轮旭日

左手捧着一弯新月

就这样不舍昼夜地盼望

七重天上

谁击响那口沉默的钟

隔着天河那边的水声

想是织女们

为你织出诗的锦绣

叠群峰为城郭

挽深涧为护河

随便剪一片白云当天马

奔赴瑶池的盛会，

那里的蟠桃花正开放

1971 年 12 月 26 日初履日月潭，登慈恩塔，因写此诗。

选自《台湾诗选（二）》，人民文学出版社 1982 年 7 月版

感激

曾卓

在巨大的痛苦中我无言

而你亲切的关怀常使我含泪

我懂得什么是感激

因而我知道我不必说出我的感激

在你关切的目光中我大步向前

即使道路坎坷，遍地荆棘

即使在炼狱中的热火中，我也决不呻吟
因为耳边响着你的一句话：我要随你永不超生

呵，不，我不要你因为我而受到一点损害
如果那样，那就真的伤了我的心了

我要的是——仅仅是你的一句不必兑现的诺言
让它培润我有时枯萎的勇气

　　1971 年

　　选自《曾卓抒情诗选》，人民文学出版社 1988 年 3 月版

无言的歌

曾卓

我不必祈求你此刻得不到的东西，
——我不必祈求你的幸福。
日日夜夜，我只祝愿你平安。
如果你平安，在此刻就是你最大的幸福了，
如果你平安，在此也就是你给我的最好的祝福。

我要献给你一首诗
——那是一直在我心中的。

当我要将那献给你时，却找不到言辞。

那么我就献给你一首无言的歌吧。

让我的无言的歌飞去陪伴你的无言的寂寞。

让我的无言的歌帮助你也帮助我生活。

1971 年

选自《曾卓抒情诗选》，人民文学出版社 1988 年 3 月版

离别的缄默

陈秀喜

菜根没有语言

腌、压、晒的折磨

香脆中带着苦涩

咀嚼菜根的时候

请同时以冥思含咀我

千言却嫌少的缄默

有沉重的苦衷

恻然讥笑镜中人

溺志中竟会产生

渝盟的顽石

选自陈秀喜诗集《覆叶》，笠诗刊社 1971 年版

三月与末日

根子

三月是末日。

这个时辰

世袭的大地的妖冶的嫁娘

——春天，裹卷着滚烫的粉色的灰沙

第无数次地狡黠而来，躲闪着

没有声响，我

看见过足足十九个一模一样的春天

一样血腥假笑，一样的

都在三月来临。这一次

是她第二十次把大地——我仅有的同胞

从我的脚下轻易地掳去，想要

让我第二十次领略失败和嫉妒

而且恫吓我："原则

你飞吧，像云那样。"

我是人，没有翅膀，却

使春天第一次失败了。因为

这大地的婚宴，这一年一度的灾难

肯定地，会酷似过去的十九次

伴随着春天这娼妓的经期，它

将会在，二月以后

将在三月到来

她竟真的这个时候出现了

躲闪着，没有声响

心是一座古老的礁石，十九个

凶狠的夏天的熏灼，它

没有融化，没有龟裂，没有移动

不过礁石上

稚嫩的苔草，细腻的沙砾也被

十九场沸腾的大雨冲刷，烫死

礁石阴沉地裸露着，不见了

枯黄的透明的光泽，今天

暗褐色的心，像一块加热又冷却过

十九次的钢，安详、沉重

永远不再闪烁

既然

　　　大地是由于辽阔才这样薄弱，既然他

　　　是因为苍老才如此放浪形骸

既然他毫不吝惜

　　　每次私奔后的绞刑，既然

他从不奋力锻造一个，大地应有的

朴素壮丽的灵魂

既然他，没有智慧

　　　　　没有骄傲

更没有一颗

　　　　　庄严的心

那么，我的十九次的陪葬，也都已被

春天用大地的肋骨搭架成的篝火

烧成了升腾的烟

我用我的无羽的翅膀——冷漠

飞离即将欢呼的大地，没有

第一次没有拼死抓住大地——

这漂向火海的木船，没有

想要拉回它

春天的浪做着鬼脸和笑脸

把船往夏天推去，我砍断了

一直拴在船上的我的心——

那钢和铁的锚，心

冷静地沉没，第一次

没有像被晒干的蘑菇那样萎缩

第一次没有为失宠而肿胀出血，也没有

挤拥出辛酸的泡沫，血沉思着

如同冬天的海，威武地流动，稍微

有些疲乏。

作为大地的挚友，我曾经忠诚

我曾十九次地劝阻过他，非常激动

"春天，温暖的三月——这意味着什么？"

我曾忠诚

"春天？这蛇毒的荡妇，她绚烂的裙裾下

哪一次，哪一次没有掩盖着夏天——

那残忍的姘夫，那携带大火的魔王?"

我曾忠诚

"春天，这冷酷的贩子，在把你偎依沉醉后

哪一次，哪一次没有放出那些绿色的强盗

放火将你烧成灰烬?"

我曾忠诚

"春天，这轻佻的叛徒，在你被夏日的燃烧

烤得垂死，哪一次，哪一次她用真诚的温存

扶救过你? 她哪一次

在七月回到你身边?"

作为大地的挚友，我曾忠诚

我曾十九次地劝阻过她，非常激动

"春天，温暖的三月——这意味着什么?"

我蒙受牺牲的屈辱，但是

迟钝的人，是极认真的

锚链已经锈朽

心已经成熟，这不

第一次收货，第一次清醒的三月来到了

迟早，这样的春天，也要加到十九个，我还计划

乘以二，有机会的话，就乘以三

春天，将永远烤不熟我的心——

那石头的苹果。

今天，三月，第二十个

春天放肆的口哨，刚忽东忽西地响起

我的脚，就已经感到，大地又在

固执地蠕动，他的河湖的眼睛

又混浊迷离，流淌着感激的泪

　　也猴急地摇曳。

三月是末日。①

　　1971年

　　选自唐晓渡编选《在黎明的铜镜中——"朦胧诗"卷》，北京师范大学出版

社 1993 年 10 月版

我赞美世界

顾城

我赞美世界

用蜜蜂的歌，

蝴蝶的舞，

和花朵的诗。

月亮，

遗失在夜空中，

像是一枚卵石。

星群，

---

①2016 年 4 月，长期居美的根子回国省亲，本卷编者曾与其晤面。据其本人回忆，该诗末尾在出版物公开出版时丢失了与全诗首句相呼应、独立成节的一行"三月是末日。"，讹误至今。本书据此加入该行。

散落在黑夜里，

像是细小的金沙。

用夏夜的风，

来淘洗吧！

你会得到宇宙的光华。

把牧童

草原样浓绿的短曲，

把猎人

森林样丰富的幻想，

把农民

麦穗样金黄的欢乐，

把渔人

水波样透明的希望，

……

把全天下的：

海洋、高山、平原、江河，

把七大洲：

早晨、傍晚、日出、月落，

从生活中，睡梦中，

投入思想的熔岩，

凝成我黎明一样灿烂的

——诗歌。

1971 年

选自《顾城诗全编》，上海三联书店 1995 年 6 月版

信仰

绿原

我是悬崖峭壁上一棵婴松，你来砍吧

我是滔天白浪下面一块礁石，你来砸吧

我是万仞海底一颗母珠，你来摘吧

我是高原大气层中一丝氧气，你来烧吧

我是北极圈冰山上一面红旗，你来撕吧

我是十亿个中间普普通通一个，你来揪吧

——还有什么高招呢

你哪儿也追捕不到我

你怎么也审讯不出我

你永远也监禁不了我

你在梦里也休想扑灭我

除非——愿上帝与你同在——

把这个人的生命一同取走

1971 年

选自绿原诗集《人之诗》，人民文学出版社 1983 年 4 月版

致渔家兄弟

芒克

你们好！渔家兄弟

一别已经到了冬天

但和你们一起度过的那个波涛的夜晚

却使我时常想起

记得河湾里灯火聚集

记得渔船上话语亲密

记得你们款待我的老酒

还记得你们讲起的风暴与遭遇

当然，我还深深地记得

就在黎明到来的时候

你们升起布帆

并对我唱起一支忧伤的歌曲

而我，久久地站在岸边

目送你们远去

耳边还回响着

冰冻的时候不要把渔家的船忘记

啊，渔家兄弟

从离别直到现在

我的心里还一直叮咛着自己

冰冻的时候不要把渔家的船忘记

1971 年

选自《芒克的诗》，人民文学出版社 2009 年 5 月版

巴黎公社

依群

奴隶的歌声嵌进仇恨的子弹

一个世纪落在棺盖上

像纷纷落下的泥土

呵　巴黎　我的圣巴黎

你像血滴　像花瓣

贴在地球蓝色的额头

黎明死了

在血泊中留下早霞

你不是为了明天的面包

而是为了常青的无花果树

为了永存的爱情

向戴金冠的骑士，举起孤独的剑

选自《今天》第 3 期，1979 年 4 月①

---

①该诗于《今天》发表时署名"齐云"，未标明写作时间。据李润霞编选《被放逐的诗神》（武汉出版社 2006 年 1 月版）等出版物标注该诗的写作时间为 1971 年。本书采信此种说法，将该诗编入 1971 年。本书所收依群另外两首诗《你好，哀愁》和《长安街》的写作时间问题仍按上述方法，编入 1972 年，不再另外说明。——本书编者。

1972年

车过枋寮

余光中

雨落在屏东的甘蔗田里

甜甜的甘蔗甜甜的雨

肥肥的甘蔗肥肥的田

雨落在屏东肥肥的田里

从此地到山麓

一大幅平原举起

多少甘蔗，多少甘美的希冀

长途车驶过青青的平原

检阅牧神青青的仪队

想牧神，多毛又多须

在哪一株甘蔗下午睡

雨落在屏东的西瓜田里

甜甜的西瓜甜甜的雨

肥肥的西瓜肥肥的田

雨落在屏东肥肥的田里

从此地到海岸

一大张河床孵出

多少西瓜，多少圆浑的希望

长途车驶过累累的河床

检阅牧神累累的宝库

想牧神，多血又多子

究竟坐在哪一只瓜上

雨落在屏东的香蕉田里

甜甜的香蕉甜甜的雨

肥肥的香蕉肥肥的田

雨落在屏东肥肥的田里

雨是一首湿湿的牧歌

路是一把瘦瘦的牧笛

吹十里五里的阡阡陌陌

雨落在屏东的香蕉田里

肥肥的香蕉肥肥的雨

长途车驶不出牧神的辖区

路是一把长长的牧笛

正说屏东是最甜的县

屏东是方糖砌成的城

忽然一个右转，最咸最咸

劈面扑过来

那海

1972 年 1 月 3 日于垦丁

选自刘登翰编选《台湾现代诗选》，春风文艺出版社 1987 年 8 月版

凌花

林莽

玻璃上那美丽的凌花是从哪里来的
我想，它绝对不是太阳的杰作
然而，当那鲜红的旭日漫步于晨雾中
谁曾向那淌泪的花儿探问过真情

冬天来了，大地显出枯干的面容
透过世界这白皑皑的装束
冬天并非我们想象得那样冷酷无情
它心灵的深处，也有年轻温存的生命

是冷清的冬夜
沉睡着万物的生命
你知道吗，玻璃上那美丽的花儿
就是冬天在睡梦中流露的真情

或许你曾仔细看过那飘飞的雪花
铁青的天空中，它闪烁着微小的身影
精巧的花朵，洁白的晶莹
谁不知道，随之而来的是宽广的纯静

微小的雪花　美丽的凌花

为什么偏偏在严寒中诞生

对了，它们是同胞的姊妹

冬天心灵的笑容，冬之希望的反映

有人把绵绵的雨丝

比作深秋悲泣的泪水

无疑，这美丽的凌花

一定是渴望百花盛开的象征

凌花，有如热带繁茂的丛林

枝叶肥硕的植物如何来到这冷清的早晨

凌花，有如春光明媚的群山

山花烂漫的景色，怎会出现在寒风凛冽的今天

窗外是一片北国的白雪

小窗上绽放的凌花默默地变换

原野在洁白中是如此的寂寞呀

我的心，也在孤单中编织着渴望的花环

1972 年 1 月

选自《林莽诗选》，时代文艺出版社 2005 年 11 月版

毛主席千里来调查

曾新泉

毛主席千里来调查，
大桥山水披彩霞。
流水欢歌喜相迎，
迎到门前枫树下。

青山两边排，
小溪乐哗哗，
老少围上来，
红太阳身边开红花。

"儿童团""赤卫队"，
望着亲人眼不眨。
同坐一条凳，
共饮一壶茶。

问穷人为什么会做马牛？
教我们举枪打天下。
句句说在咱心坎里，
毛主席的心啊，紧紧贴着我们穷人家！

话音逐水飞，

春潮澎湃哗啦啦。

句句铿锵撼山岳，

燃起千山火万把。

毛主席迈步上征程，

写下"调查"放光华。

如今大桥的锦绣图啊，

就是他老人家亲手画。

选自井冈山地区革委会政治部宣传组编《井冈山颂》，江西人民出版社 1972 年 3 月版。该书"内容提要"中说："这些诗歌都是我省广大工农兵、革命干部、革命知识分子'文化大革命'以来创作的。"

锁链

雁翼

每当我来到凉山，

一个闪光的念头，

一种思想，

便在脑海里涌现。

面对着新的生活：

脚下的球鞋，

腕上的手表，

胸前的红领巾，

灯下的书本……

我便想起

昨天……

昨天，

时间呵，

并不太远。

二十年前，

凉山，

生活中最常见的，

是什么？

是毒蛇一样的——

锁链！

锁着母亲的咽喉，

锁着丈夫的脚杆，

锁着儿子的肩膀，

锁着少女的手腕……

白天，

奴隶主挥着皮鞭，

打开寨门，

像赶牲口一样，

赶着奴隶

拖着叮当的锁链，

去种地，

背水，

砍柴，

开山……

夜里，
像牛马归圈，
脚，
被砸进木靴，
手，
被压上石板。
只留下一双双眼睛，
望着奴隶主，
搂着女人抽大烟。

锁链呵，
一环，
一环，
一环紧扣一环，
铐进了奴隶的肉，
铐断了奴隶的骨。
奴隶制度，
像一个大蜘蛛，
用锁链织成了网，
捆绑着整个大凉山！

可是，铁做的锁链，
铐不动求解放的志，
铐不毁反抗的胆！

几千年，

锁链的叮当声中，

爆发过多少次

反抗的怒焰！

每一次，

总要砸毁

锁链中的几环。

直到镰刀斧头

把制造锁链的奴隶制度，

彻底砍翻。

我说的，

不是神话中的地狱，

是真实的人间。

不是十八世纪的黑非洲，

是二十年前的

凉山……

1972 年 5 月 17 日

选自雁翼诗集《白杨树风情》，人民文学出版社 1981 年 11 月版

过杨连第桥

叶文福

坐着背包，抱着武器，

列车载着我们向西，向西，
突然，掠过一座深峡险桥，
桥头高矗着英雄塑像杨连第！

在金色的阳光下，
他挺胸昂首，巍然屹立。
列车飞过去了，
对他，留下多少敬意！

他把战斗的生命，
化作一颗闪光的石子，
垒桥墩，铺路基，
让祖国的列车一日千里。

看他那炯炯的眼神，
正望着我们的明天；
听车轮隆隆轰响，
是英雄强大的呼吸……

　　　　选自《解放军文艺》1972 年第 5 期

政委上山来

曾凡华

南岭披霞彩，

红松笑开怀。
政委视察来哨所，
健步登高崖！

登高崖呵多豪迈！
崎岖小道脚下踩。
无限风光收眼底，
激情滚滚来！

当年长征打此过，
跟随毛主席过山界，
战旗映红千里雪，
红缨驱散万里埃！

而今南岭容颜改，
山中驻扎红军新一代。
哨所屹立云崖中，
一杆红旗迎风摆！

政委上山来，
毛主席著作怀中揣。
哨兵个个笑开颜，
满山青松围拢来！

选自湖南省《工农兵文艺》编辑部、湖南人民出版社编辑部编《长岛人歌》，湖南人民出版社 1972 年 5 月版。原书作者名前标：解放军某部。

毛主席恩情说不完

宁哈

万山松叶做成针，

万朵彩云纺成线，

万里蓝天裁成布，

万户彝家绣凉山；

绣不完社会主义千般好，

万年荒岭春满园。

葫芦笙安上万条管，

月琴安上万根弦，

口弦安上万张片，

凉山歌手万万千；

唱不完文化革命威力大，

红色江山永不变。

金沙江水流不完，

映山红花开不完，

翻身的歌儿唱不完，

毛主席恩情说不完；

彝家跟着毛主席啊，

继续革命永向前！

　　选自《阳光灿烂照征途——工农兵诗选》，人民文学出版社 1972 年 5 月版。

原书作者名前标：彝族。

遥寄

李发模

同志，和你相隔千水万山，

不记得了吗？我原是个城市知识青年。

那时你代表区里给我们送行，

可现在我已是人民公社社员。

村前，是新修的水库，

而今正兴建巨型发电站。

那从山巅飘下来的不是蜘蛛网，

——对！是刚拉好的高压电线。

小李进城学农药制造去了，

小王吗，在帮队里搞秋收试算，

还有些人都正忙着送余粮，

瞧！那挑大箩筐的不就是小杨、小詹？

啊，你把我记起来了吧！

看我粗壮的手，黝黑的脸，

世界观的改造还待进一步努力，

对呀，不磨炼，怎能接好革命的班。

选自贵州人民出版社编《工农兵诗选》，贵州人民出版社 1972 年 7 月版

我是一个锅炉工

李章新

我是一个锅炉工，
排排仪表在眼中，
手把电键来扭动，
发出电呵往外送。

粮食堆积如山耸，
铁水奔流似火龙，
各行各业大跃进，
输送"血液"力无穷。

"快把炉火烧得通红"，
誓为人类把光、热供，
驱走黑暗迎光明，
定教世界红彤彤。

选自贵州人民出版社编《工农兵诗选》，贵州人民出版社 1972 年 7 月版

车前草

牛汉

车前草
祖祖辈辈
生长在乡间小道上，
生长在牲口的蹄印里，
生长在旅人的面前。

几张椭圆的叶片，
布满了厚厚的尘土，
低低地贴着地面，
远远望去
像一块块踏脚的石头。

哦，车前草，
你的紫色小花
是为了艰苦寂寞的旅人
才开放的吗?

当跋涉的人们
当负重的牲畜
低着头颅
一步一步

向前迈进的时候，

常常因为踩着你

才稳住了身子，

才免于滑倒……

车前草，

你的枝叶、花朵，

还有细小细小的种子，

默默地埋没在脚印里。

1972 年 7 月，深夜由咸宁拉平板车回来

选自《牛汉诗选》，人民文学出版社 1998 年 2 月版

夜路上

牛汉

黑沉沉的夜里，

跌跌撞撞走在山路上。

脚趾穿透泥泞，

紧抠着坚硬的大地。

月亮的光太淡，

星星的光太小。

真盼望黑云飞来，

爆响一声霹雳。

雷声使人清醒，
闪电照清面前的道路。

　　1972 年夏，从沈家湾挑鱼担途中默诵而成
　　选自《牛汉诗选》，人民文学出版社 1998 年 2 月版

咳嗽

商禽

坐在
图书馆
的
一室
的
一隅

忍住

直到
有人把一本书
历史吧
掉在地上

我才

咳了一声

嗽

1972 年 7 月

选自张默等编《中国现代文学大系（1970－1989）·诗卷一》，九歌出版社
1989 年 5 月版

长城的自白
——《火神交响诗》之四
黄翔

地球小小的　蓝蓝的

我是它的一道裂痕

在灰蒙蒙的低垂的云天下

我长久地站立着

我的血管僵化了

我的双腿麻木了

我将失去支撑和平衡

在衰老中倒下和死去

那风雨剥蚀的痕迹

是我脸上年老的黑斑

那崩溃的砖石

是我掉落的牙齿

那残剩的土墩和墙垣

是我正在肢解的肌体和骨骼

我老了

我的年轻的子孙不喜欢我

像不喜欢他们脾气乖戾的老祖父

他们看见我就转过脸去

不愿意看见我身上穿着的黑得发绿的衣衫

我的张着黑窟窿的嘴

我脸上晃动着的油灯的昏黄的光亮

照明的葵花杆的火光

他们这样厌恶我

甚至闻不惯我身上的那种古怪的气味

他们用一种憎恶的眼光斜视我

像看着一具没有殓尸的木乃伊

他们对着我瞪着眼睛

在我面前喘着粗气

摇着我　推着我

揭去我背上披着的棕制的蓑衣

我戴在头顶上的又大又圆的斗笠

他们动手了

夺下我手里的弯月形的镰刀

古老而沉重的五齿钉耙

愤怒地把它们扔在一边

踩在脚下

他们说我撒谎

我长久蒙蔽它们

我的存在并不是人类世界的奇迹

他们不愿用我这把尺子

去刻度一个民族的团结和意志

他们要扔掉我这根鞭子

因为我束缚和鞭笞了一种性格

他们不能忍受我　像不能忍受一条蛇

因为我残忍地盘踞在他们的精神世界里

世世代代咬噬着他们的心灵

他们要推倒我　拆毁我

因为我把他们和他们的邻人分开

就像那些数不清的小圆石堆成的围墙

就像那些竹子和灌木竖起的篱笆

就像那些棕榈叶　荆棘和被砍倒的

　　　　　　　杉树枝编织的栅栏

我把大地分割成无数的小块

分割成无数狭窄的令人窒息的小小院落

我横在人与人之间

隔开这一部分人与那一部分人

使他们彼此时刻提防着别人

永远看不见邻人的面孔

甚至听不见邻居说话

他们要推倒我　拆毁我

因为我的巨大身躯挡住了他们的视线

遮断了他们院落以外的广大世界

使他们看不见

高耸入云的积雪的阿尔卑斯

甚至最近刚从月球和火星回来的

　　　　　　　　蓝眼睛的阿美利加

因为我的每一块石头　每一方泥土

都沉默地记载着人类的过去

日日夜夜地叙述着悲剧的昨天

我使他们想起

无数世代古老的征服和自卫

想起那些悠久年代的疑惧和仇恨

想起那些黑暗世纪的争斗　牺牲和苦难

想起那些吵吵嚷嚷的分裂和不和

想起一部怒气冲冲的人类对抗的历史

他们要推倒我　拆毁我

为了他们以前那些在精神墙垣中

　　　　　　　　　死去的祖先

为了第一次把科学与民主的遗产

　　　　　　　　　留给他们的子孙

为了在过去和未来之间正在搭起一座

宏伟的现代桥梁的一代他们自己

他们

站在觉醒的大陆上

推开我的在摇晃中倒下的发黑的身躯

脱下我的守旧　中庸　狭隘　保守的
　　　　　　　　传统尸衣

把尘封在蛛网中的无尽岁月踩在脚下

向一个新世界遥望

隔着太平洋　大西洋　印度洋

同隔岸的毗邻对话

向每一片大陆抬手

他们在我身后发现

被我关在里面和推在外面的

彼此今天并不是敌人

过去那些远的地域

原来和自己近在咫尺

我的墙垣正在地球上消失

在全人类的心灵中倒塌

我走了　我已经死了

一代子孙正把我抬进博物馆

和古老的恐龙化石放在一起

在这世界上我将不再留下什么

我将带走我所带来的一切

在我曾经居住的大地上

科学与变革　友谊与了解像一群
　　　　　　　珍贵的来客

穿过人类精神的漫漫长夜

一起跨进了未来世纪的门槛

　　　　1972 年 9 月 24 日

　　　　选自唐晓渡编选《在黎明的铜镜中——"朦胧诗"卷》，北京师范大学出版

社 1993 年 10 月版

无调之歌

张默

月在树梢漏下点点烟火

点点烟火漏下细草的两岸

细草的两岸漏下浮雕的云层

浮雕的云层漏下未被苏醒的大地

未被苏醒的大地漏下一幅未完成的泼墨

一幅未完成的泼墨漏下

　　　　　　急速地漏下

空虚而没有脚的地平线

我是千万遍千万遍唱不尽的阳关

　　　　选自《创世纪》第 30 期，1972 年 9 月

深夜上岗

纪学

轻点，轻点，再轻点，
不要惊醒熟睡的山林；
深夜里，我荷枪上岗，
海浪送来粗犷的鼻音。

多么甜蜜的夜啊，
看一眼都那么醉人。
党啊，你交给我的，
何止是一支钢枪、粒粒子弹，
——还有一扇祖国的大门。

多么光荣的岗位啊，
想一想就浑身是劲。
党啊，我回答你的，
是整个身心献海防，
磨刀擦枪守海疆，
还有这一班岗哨，
——我用全部忠诚在执勤。

深夜里，我荷枪上岗，
来守卫祖国的大门；

枪膛里有待发的子弹,

还有一颗跳动的心。

选自《解放军文艺》1972 年第 9 期

大江东去

余光中

大江东去,浪涛腾跃成千古

太阳升火,月亮沉珠

哪一波是捉月人?

哪一浪是溺水的大夫?

赤壁下,人吊髯苏犹似髯苏在吊古

听,鱼龙东去,扰扰多少水族

当我老去,千尺白发飘

该让我曳着离骚

袅袅的离骚曳我归去

汨罗,采石矶之间让我游泳

让不朽的大江为我涤罪

冰肌的江水祝我永生

恰似母亲的手指,孩时

呵痒轻轻,那样的触觉

大江东去,千唇千齾是母亲

舔,我轻轻,吻,我轻轻

亲亲,我赤裸之身

仰泳的姿态是吮吸的姿态

源源不绝五千载的灌溉

永不断奶的圣液这乳房

每一滴，都甘美也都悲辛

每一滴都从昆仑山顶

风里霜里和雾里

荒荒旷旷神话里流来

大江东去，龙势矫矫向太阳

龙尾黄昏，龙首探入晨光

龙鳞翻动历史，一鳞鳞

一页页，滚不尽的水声

胜者败败者胜高低同样是浪潮

浮亦永恒沉亦永恒

顺是永恒逆是永恒

俯泳仰泳都必须追随

大江东去，枕下终夜是江声

侧左，滔滔在左耳

侧右，滔滔在右颊

    侧侧转转

    挥刀不断

失眠的人头枕三峡

一夜轰轰听大江东去

1972 年 11 月 13 日

选自《余光中诗选》，海峡文艺出版社 1988 年 3 月版

我走向雨雾中

北岛

褪色了，乌云，
白蒙蒙，雨星。
蓝色的斜线，
抽打着灰暗的树林，
仿佛在抽打一千支手杖，
抽打一千颗老人的心。
——心呵，何处是家，
何处是你的屋顶？

草叶，在啜泣中沉醉，
雏菊，模仿着苏醒。
风对雨说：
你本是水，仍要归于水。
于是雨收敛最初的锋芒，
汇成溪流，注入河中。

道路上的微光，
划开了悲戚的沉沦，
如同冰上无声的闪电，
歌唱着自由，
歌唱着崩塌的废墟上

永恒的天空。

乌云聚拢又散开，
雨星捉摸而不定。

我走向雨雾中，
风掀起一角衣襟。

1972 年

选自北岛自印诗集《陌生的海滩》，《今天》丛书之二，1980 年 4 月

眼睛

北岛

星星点点泡沫般的眼睛，
闪烁在沉默的人海里。

那是一双呆滞的眼睛，
浓厚地涂满宗教彩漆。

那是一双放纵的眼睛，
红头巾、蓝衣角飘来荡去。

那是一双紧眯的眼睛，
一只闪着灵活，一只写着权力。

……

在玻璃窗的影子里，
另一双眼睛幽然清晰。

里面印着过去的天真
和未来的希冀。

苦，而有趣，
生活永远有意义。

你用闪射的雷电，
宣泄了春天的秘密。

是的，
春天已不再是秘密。

1972 年
选自北岛自印诗集《陌生的海滩》，《今天》丛书之二，1980 年 4 月

钟为谁鸣
 ——我问你，电报大楼

多多

自由，早已单薄得像两片单身汉的耳朵

智慧也虚弱不堪，在产后冬眠

教育和儿童被脏手扼住喉咙

知识像罪人，被成群地赶进深山

只有时间在虚假的报纸后面

重复导演的思想和预言

当然，还有你，伸着长长的

傻女人的脖子，用贫血的嘴唇微笑

再下意识地擦掉它，像擦掉

一个不愿被人记住的谎言

可一旦坏人的毛腿真的拂下墙上的泥巴

绑在树上的苹果，就会滚得满地都是

那时的一切就会非常不同

那时的我，肯定会把帽子扔到天上

再把"蜜月"和拖鞋从床下找出

当然，还有你，会像一个

简单的体力劳动者那样

追上去，用骨节大大的脚

猛踢"裁判"——

1972 年

选自《诺言：多多集 1972～2012》，作家出版社 2013 年 10 月版

白洋淀

根子

一

我伤得不轻，

桅杆被雷砍断

我像帆一样

瘫倒在炽亮的阳光的沙岸。

我从汹涌的海口来

却干枯得发脆

我全部的水分——

脑浆，胆汁，胃液

一律充当了血，留在海口

流得一点也不剩了，我估计

每一道海浪的顶上，都应当

漂着两三朵红罂粟吧？

没有。

海的大笑

我当初跌倒时，心脏

从胸上的伤口里被摔出
湿漉漉地
流在我的头旁，现在
也皱巴巴，裹满了沙粒。
海藻是不是这样腐烂的？
鹅卵石是不是这样形成？
命运大体如此，
但死或不死
仍由我自己主宰。

怎么可以马马虎虎就被埋了？
船完全被撞碎之后
也就不会沉没了，它的
每块零散的木板
将永远漂浮在海上

我伤成这样
我的眼睛看到的一切
都是杀我的凶手
我诅咒过
所有有鼻子的脸
所有不结果子的马尾松

现在，我是仰躺着
除了洁白的天空
什么也看不见。

让杀人犯们远逃吧！
只是这淡薄的云——
这高高抖瑟的风筝
它的细长的系绳
是不是仍然拴在
太阳铁青的手脖子上？

我还在犹豫什么？
我还在留恋什么？
死的使者——
海浪不倦地牵动我的手臂
没有红罂粟
我何至于向高高的礁石翻滚
不捡拾遗失的心
不幸奉送的肝胆
我是一具睁着眼睛的尸体吗？

我慢慢地闭上眼睛
我走进一片无边的橘红色的雾中。
万一我知道我活不成了
应当告别什么
阳光灿烂——
大海蔚蓝，沙岸金黄
我急忙闭上眼睛
连我自己
都不怜悯我自己。

我受骗

是因为我爱好出卖。

我大睁着眼活着

才被太阳的剑砍在世界上

迸起了火星

灼成了瞎子。

我如果不闭起眼睛，恐怕

连什么也看不见了

连橘红色的雾也看不见了。

缅想——

垂死者的回忆

充血顾盼

岩浆中的呼吸

橘红色的海底

我能认出

哪个方向

有闪烁着的白珊瑚

伤口大张着，却像一只

暴怒的眼睛，直勾勾

眨也不眨

搜寻着凶手，要求惩罚

"复仇！迎向匕首，死去吧……"

伤口嘶哑地咳嗽

却呕吐不出什么

荒凉，空荡的石窟

还有

回声与橘红色的雾

二

我到处是创伤

像一片龟裂的土地

我小时候，黄昏

躺在湖中的小船上

浪拍打着小船入睡

公园打着鼾声

风像肉感的吻

吹得我很不好意思

我一松手

木桨坠入水中

打碎了湖上最后一条晚霞

于是，除了星星

我什么也看不见了

到了暮色最浓的时候

湖四周的灯火，突然

一齐闪光，那时候我还小

没有搞懂，为什么

这样一个巨大的、亮晶晶的

花环，会猛地戴上

我的船头，我的肩颈
滴着水珠

龟裂的土地……

我小时候，夏天
游泳池发出柠檬汽水的芳香
遮阳伞白得耀眼
蓝色的天是透明的
蓝色的天上浮过雪白的云
蓝色的游泳衣上
露出乳罩的雪白的背带
那时我还小，没搞懂
天鹅为什么
非要藏起翅膀不可

土地在龟裂……

我小的时候，晚上在
剧场的休息厅蒙眬瞌睡
脸枕着皮沙发的靠背
凉滋滋地像妈妈的手臂
"爸爸的绿台灯
挂得多高啊！"
我喃喃梦语
"熄灯吧，妈妈
接着讲
你昨天讲到

奥涅金叔叔……"
那时候，我还小，没搞懂
爸爸为什么
那么晚还不关收音机。

阳光
土地。

无论是作为致命的负伤人
还是邪恶的复仇家
我都应该受到
死的审判

我本来不应该
在上帝面前耍赖
可是我怎么甘心
永别这几个生命的奇迹！
我非常不情愿诀别
秋天树上的最后两片
摇晃的小铃铛一样
叮咚作响的树叶
不情愿诀别
路灯下的雨夜
像姑娘水汪汪的眸子一样
淌着雨水的玻璃窗子
不情愿诀别
流动的晚风中，烟斗扔到

杨树杆上，飞起的，火的彗星

我非常不情愿诀别

橘红色的雾

让脚丫子烂掉好了

走到哪里，泥沼、冰河

头上的星空永远迷人

死是微不足道的，

我并不怕这个，挖坑吧

但是有一个条件，作代价

就是

允许我永远不睁开眼睛

让我永远看得见

橘红色的雾

"这容易"

海浪不倦地牵动我的手臂

我永远地合上了伤口一样的眼睛

伤口却像眼睛一样大睁着

疼痛。

　　　　1971 或 1972 年①

　　　　选自李润霞编选《被放逐的诗神》，武汉出版社 2006 年 1 月版

---

　　①《白洋淀》一诗首次发表于《新创作》1985 年第 2 期，为作家陈村根据其"文革"期间的手抄本整理而成，诗后附有其 1984 年 11 月 28 日写的《〈白洋淀〉附记》，其中写："这是首使人不忘的长诗，我读到它已有整整十年。当时，这类文字都是单线传来，有机会读到、抄录、背下者也不轻易示人，以免被诛且累及他人。"本诗具体写作时间不确，其为根子 1970 年代前期所写无疑，因根子在此阶段写诗写作时间很短，仅为 1971－1972 不到两年的时间。本书编者 2016 年 4 月曾当面向根子询问该诗写作时间问题，根子表示"记不清了"，故暂编入 1972 年。

致生活

根子

喂，你记住我现在说的
我的眼睛复明了
以后，也只有我的眼睛
　　　　　还是活着的
我将努力做到比镜子
更单纯，更肤浅，更诚实
　　　　　　　　也更专断。
镜子只能是眼睛。

我倒要试一试，这样做
是不是可以稍微制缚一下
你对我的愚弄，你将会不会
有所忌惮

以后
我的大脑像狗一样伴随我
机警，勉强，驯良
我相信它，溺爱它，以它为主
我的眼睛倒是一只狼
愚蛮，爽直不拘
我蔑视它，欺负它，以它为耻

我牵着它们俩

来到喧闹的波澜面前

狼瞅了一眼又黑又冷的水面：

"这是海，没有边际的。"

示意我不要冒险

狗嗅了嗅又黑又冷的水面：

"水是甜的，可见岸并不远"

我斥退了狼

尾随着狗扑向你的怀抱

狼勉强地跟着我们

水越来越黑，越来越冷

渐渐发咸发苦

狼沮丧地唠叨：

　　　　　"这是海的水。"

狗没有理它

继续忠实地带领我

　　　　游向你的深处。

风卷起波涛

狗被呛得咳嗽不止

"会有岸吗?"狼不安地问

"不能是假。"狗挣扎着回答

我们越走越远

出发的岸已看不清楚

狼咆哮着："不可能有岸！"

水——你诡诈地顶撞它

咆哮着，举起岛屿

"看见了？"狗讥笑狼

"那是水的姊妹，——

风吹来云的影子。"

"怯懦！"

我们靠近岛屿

岛不见了

"看不见？"狼讥笑狗

"总会有岸，水是甜的。"

我们游了很久

靠近了许多一纵即无的岛

波浪滔天，狼

沉默了，咬着牙齿

狗勇敢地挣扎

然而还是看不见岸

最后，狗用尽了力气，说：

"岸大概很远。"便淹死了。

如今，只有我和狼，还有

　　　　　狗的僵硬的尸体

站在你的暗礁上，水

是甜的，但谁也不会知道了

我由于虐待了诚实的狼

才失去了诚实的狗，现在

狼在准备向你复仇，我坚信它

喂！生活，你牢记

我现在说的，以后

我不能再姑息你什么

大脑

已经死了，是被你累死的。

眼睛

将带领我前进，它

像镜子那样

单纯，肤浅，诚实，专断

不要忘记狼的认识

　　　　——真正的岸

不错，过去

我就是一只狗

嗅着你芳香的水草，却不知

走向无底的海

不错，今天

我只是一只狼

嗅不到你水草的芳香，却

知道你是无底的海

大脑像块石头那样沉默了

现在，我

不能问，也不善于听

我要求你把一切都让我看见

狼是刻薄的，急躁的

花香鸟语，它不感兴趣

即使是肉，你也不能说：

"明天给你"——

　　　　　你到底有没有？

如果你说

"我的风浪虽凶，却并非没有尽头。"

那么，住口

浮起你清晰的岸来

如果你说

"我的面纱虽厚，却确实是美丽的。"

那么，住口

扒下你脱不完的衣裙

如果，你说

　　"我萌芽虽弱，却迟早会长大。"

那么，住口

　　　　苹果在哪里？

如果，你说

　　　"我虽然像蛇，却真是蚯蚓。"

那么，住口

　　　这是土地，翻掘它看看。

如果，你说

　　　"我虽然穷，却已经积着财宝。"

那么，住口

　　　打碎这透明的玻璃

如果你还要说

　　　　"这太欺负人!"

那么，滚开

　　　　还我的爱犬来

你能欺骗眼睛吗

你躲得过镜子吗

用你的咸水

浸烂瞳孔吧

你敢抚慰狼

如果你根本不能哄住它

那么乱咬你是应该的事

我还要诋毁你，因为大脑

已经冰冷，我

　　　　绝不思考!

　　绝不思考。

有香气的是不是真正的花?

　　绝不思考!

映在水面上的是不是真正的太阳?

　　绝不思考!

或许你是深奥的

不，脑海早就成了一片废墟

那里没有地方容你的雕塑

　　　　有形有色的梦幻。

不能远于五公尺

要不是你

以无数个五公尺

　　　　把大脑掐死

我怎么不听狼的指使

要不是你

　　　　从来没有坦白过你的不美

　　　　把大脑气死

我怎么能容忍对大脑的作践?

脑子活着的时候

我曾熟悉你

现在不行了

眼睛是我的主宰。

你所说的现象和本质

你所说的主流和支流

是不是

说给一只狼听的?

那么你只能得到答案

河是浑的，海就是浊的

树是干的，果子就是瘪的

脑子早已

　　　　冤屈而死

眼睛是懒惰而贪婪的。

它看到了遍地的农民绿色的痰，

不会想到人民的崇高。

它看到了姑娘的污脏的肚脐，

不会想到爱情的伟大。

它看到了白天的敌人，

        晚上互相鸡奸

不会想到行为的纯洁。

它看到五公尺以内

    不会想到

          五公尺以外

大脑已经

     劳累而死

喂！生活

     你记牢我现在说的

眼睛是狼，它已复活

     它受够了凌辱，以后

只有它，为我活着

单纯，肤浅，诚实，专断。

你有本领

向大脑的幽灵赎罪吗？

那狗如果复活，恐怕

又是一只狼。

1972 年

选自郝海燕主编《中国知青诗抄》，中国文学出版社 1998 年 2 月版

荒芜之脸

管管

据说那晚上整个的月亮在烧着山那边塔那边水那边的半个秋天。据说那一半秋天在城里那个女人或那个男人的肠胃上。

据说也烧着那两个对坐在不知被多少学生的年轻的鞋子越踩躏越他妈的更生出好多年轻的手年轻的脚年轻的翅子一直在喊叫着奔跑着飞着的那块一个一个的草的脸上的汉子！

据说那两个汉子一句也不说地在拼命地用烟草烧月亮。

据说一句不说就是说了好多！

据说那两个汉子把他们的脸撕下来拿了两张草的荒芜的脸就吹着哨子走进这条没被烧的秋的巷子里去。

据说那一半秋天又走到城外这个男人或这个女人的眼睛上。据说那晚整个月亮在烧着这边塔这边寺这边水这边城这边的半个秋天。

据说从那晚以后有两张荒芜的大脸在那座被月亮烧着的城里城左城右城前城后的脸过来又他妈的脸过去！

选自管管诗集《荒芜之脸》，普天出版社 1972 年版

车祸

罗门

他走着　双手翻找着那天空

他走着　嘴边仍支吾着炮弹的余音

他走着　斜在身子的外边

他走着　走进一声急刹车里去

他不走了　路反过来走他

他不走了　城里那尾好看的周末仍在走

他不走了　高架广告牌

　　　　　　将整座天空停在那里

1972 年

选自《罗门短诗选》，中国社会科学出版社 1995 年 4 月版

窗

罗门

猛力一推双手如流

　　总是千山万水

　　总是回不来的眼睛

遥望里

你被望成千翼之鸟

弃天空而去　你已不在翅膀上

聆听里

你被听成千孔之笛

音道深如望向往昔的凝月

猛力一推竟被反锁在走不出去

　　　　　　　　的透明里

1972 年

选自《罗门短诗选》，中国社会科学出版社 1995 年 4 月版

陌生人之歌

绿原

还是那样热，热得像块冒气的冰

还是那样挤，挤得像没有空隙的银河

还是那样闹，闹得像森林的音乐会

还是那样迷离啊，像儿时读过的第一本小说

黄昏时分

我像个陌生人

走在故乡的街道上

我想跟每个人打招呼

但没有一个人理睬我

　　那个小板屋对我关着

　　那个老妇人流着泪掉转了头

　　教我识字的小学校不见了

　　一块玩球的小胖早白了头吧

没有一个人理睬我

但我想跟每个人打招呼

　　人们从我身旁走过

　　仿佛根本没有瞅见我

　　我从人们身旁走过

　　觉得天天和他们在一起

我真想跟每个人打招呼

但是真没有一个人理睬我

　　但愿是黄昏时分

　　光线太模糊了吧

　　怎么只听见江水的呜咽

　　却看不见它的湍急

我反倒更加愉快起来

希望自己永远像个陌生人

东张西望地走在故乡的街道上

　　什么都变了，一切都变了

　　只有土地，只有发烫的土地

　　一点没有变，像母亲的胸脯

　　永远使孩子在梦中感到甜蜜

我正好向生我养我的土地

默默倾诉，默默倾诉
一个回头浪子的经历

1972 年

选自绿原诗集《人之诗（续编）》，宁夏人民出版社 1983 年 4 月版

半棵树

牛汉

真的，我看见过半棵树
在一个荒凉的山丘上

像一个人
为了避开迎面的风暴
侧着身子挺立着

它是被二月的一次雷电
从树尖到树根
齐楂楂劈掉了半边

春天来到的时候
半棵树仍然直直地挺立着
长满了青青的枝叶

半棵树

还是一整棵树那样高

还是一整棵树那样伟岸

人们说

雷电还要来劈它

因为它还是那么直那么高

雷电从远远的天边就盯住了它

1972 年，咸宁

选自《牛汉诗选》，人民文学出版社 1998 年 2 月版

吾乡印象（五首）

吴晟

序说

古早古早的古早以前

吾乡的人们

开始懂得向上仰望

吾乡的天空

就是那一副无所谓的模样

无所谓的阴着或蓝着

古早古早的古早以前

自吾乡左侧绵延而近的山影

就是一大幅

阴悒的泼墨画

紧紧贴在吾乡人们的脸上

古早古早的古早以前

世世代代的祖公，就在这片

长不出荣华富贵

长不出奇迹的土地上

挥洒咸咸的汗水

繁衍无奈的子孙

1972 年

晨景

鸟仔无关快乐不快乐的歌声

还未醒来

吾乡的妇女

已环坐古井边

勤快地浣洗陈旧或不陈旧的流言

无关辉煌不辉煌的老太阳

还未爬上山顶

吾乡的囝仔

已在母亲的一再催唤下

悻悻然离开

没有童话，没有玩具的睡梦

吾乡的老人，在屋檐下
细数琐碎而黯淡的回忆
打发无关新鲜不新鲜的空气
目送吾乡的男人
牵着牛，踏上永无休止的另一种征途
——昔日他们踏过的征途

哪！吾乡的晨景
传说是一幅美丽的图画

1972 年

晒谷场

夏日，收割季
吾乡的晒谷场
是一惊惶的竞技场

气象台的报告
往往属于谣传
而天色，变幻不定的天色
吾乡没有诸葛亮之流的人物
可以预测

晴晴朗朗之际，谁也不知
太阳，何时将阴着脸
拂袖而去。天空
何时将遣来一阵
不爽快的细雨，或是一场
恶作剧的西北雨

吾乡的晒谷场，在收割季
是一惊惶的竞技场
时时，惊惶着吾乡的人们

稻草

在干燥的风中
一束一束稻草，瑟缩着
在被遗弃了的田野

午后，在不怎么温暖
也不是不温暖的阳光中
吾乡的老人，委顿着
在破落的庭院

终于是一束稻草的
吾乡的老人
谁还记得
也曾绿过叶、开过花、结过果？

一束稻草的过程和终局
是吾乡人人的年谱

　　1972 年

　　路

自从城市的路，沿着电线杆
——城市派出来的刺探
一条一条伸进吾乡
漫无顾忌地坦露豪华
吾乡的路，逐渐有了光彩

自从吾乡的路，逐渐有了光彩
机器匆匆的叫嚣
逐渐阴暗了
吾乡恬淡的月色与星光

自从吾乡恬淡的月色与星光
逐渐阴暗
吾乡人们闲散的步子
统统押给小小的电视机

而路还是路
泥泞与否，荒凉与否

一步跨出，陷下多少坎坷
路还是路，仍然
——引向吾乡的公墓

1972 年
选自刘登翰编选《台湾现代诗选》，春风文艺出版社 1987 年 8 月版

豹

辛郁

一匹
豹　在旷野尽头
蹲着
不知为什么

许多花　香
许多树　绿
苍穹开放
涵容一切

这曾啸过
　　掠食过的
豹　不知什么是香着的花
或什么是绿着的树

不知为什么的

蹲着　一匹豹

　　苍穹默默

　　花树寂寂

旷野

消失

1972 年

选自刘登翰编选《台湾现代诗选》，春风文艺出版社 1987 年 8 月版

你好，哀愁

依群

窗口睁开金色的瞳仁

你好，哀愁

又在那里把我守候

你好，哀愁

就这样，平淡而长久

你好，哀愁

可是你多像她

当他闭上眼睛的时候

你好，哀愁

1972 年

选自《今天》第 3 期，1979 年 4 月

1973年

高山哨所

李瑛

从什么时候起，
这大海忽然静止了奔腾？
威严，雄伟，峥嵘，
凝成这险峻的山峰。

嘀，看它们一座座凌霄怒耸，
黝黑，深紫，透出一片铁青；
那里，在那峭拔的山顶，
雄峙着我们战士的哨棚。

它哪里是一座哨所，
分明是一块危岩，一丛刺蓬；
或是一朵游移的云影，
或是一只憩息的山鹰。

呵，这山脚离哨所太远太远，
请你借助这架望远镜——
看它门前，山花儿开得多美，
看它窗后，野浆果生得多红。

告诉你，那丽日、明月、清风，

都是我们最好的邻居；
那野花、杂树、山鸟，
都和我们是一个家庭。

尽管那里呀，常雷摇雨撼，
可四壁盘绕的尽是松根、古藤；
尽管那里呀，太寥廓、寂静，
可山歌水曲呀，我们最知情。

那里，大睁着五双眼睛，
日夜扫遍这峡谷、苍穹；
那里，跳动着五颗心脏，
这才是大山真正的生命。

我们的生活轰轰烈烈，
我们心上有庄严的命令；
自豪吧，伟大的祖国，
我们永远是你忠诚的士兵。

我们虽然高踞山巅，
却又像屹立海中；
这群山不正在拍天滚动，
风里云里，卷起一片涛声！

嗬，我们这小小的高山哨所，
也许真正是一叶海上帆篷；

祖国的亲人呵，当你向夜空遥望，

那最远的星斗，就是我们的桅灯！

选自李瑛诗集《红花满山》，人民文学出版社 1973 年 1 月版

进军

雷抒雁

沙的海，沙的洋，

沙的惊涛，沙的骇浪……

哪里是行进在茫茫沙漠，

分明是战斗在汹涌的海洋。

空中，没有飞鸟的踪影，

地上，一色沙粒的金黄；

踏下去，流沙埋住膝盖，

翻过沙山，依然是沙浪、沙浪……

好啊，沙的海洋，

谢谢你安排的练兵场，

钢铁的意志需要在熔炉里锻炼，

战士最喜爱滔天风浪。

沙砾烫坏脚上的胶鞋，

热浪烤干汗湿的军装；

一把汗水浇灌一步脚印，

一串脚印，一篇豪迈的乐章。

嚼一点牙膏，润一润干裂的嘴唇，

眼前闪过上甘岭英雄的形象；

半壶开水传遍了全班，

水还在壶里哗啦啦响……

一眨眼，风暴卷来，

沙丘变成滚动的巨浪，

穿过去，臂膀挽着臂膀，

嘿，钢的长城，铁的屏障！

有毛泽东思想领航，

千难万险无阻挡；

踏平沙海，壮歌一曲，

我们的队伍向太阳！

选自《解放军文艺》1973 年第 2 期

致大海

舒婷

大海的日出

　　引起多少英雄由衷的赞叹；

大海的夕阳

　　招惹多少诗人温柔的怀想。

多少支在峭壁上唱出的歌儿，

　　还由海风日夜

　　　　日夜地呢喃；

多少行在沙滩上留下的足迹，

多少次向天边扬起的风帆，

都被海涛秘密、

秘密地埋葬。

有过咒骂，有过悲伤，

有过赞美，有过荣光。

大海——变幻的生活，

生活——汹涌的海洋。

哪儿是儿时挖掘的沙穴？

哪里有初恋并肩的踪影？

呵，大海，

就算你的波涛

　　能把记忆涤平，

还有些贝壳，

　　散在山坡上

　　　　如夏夜的星。

也许漩涡眨着危险的眼，

也许暴风张开贪婪的口，

呵，生活，

固然你已断送

　　无数纯洁的梦，

也还有些勇敢的人，

如暴风雨中

　　疾飞的海燕。

傍晚的海岸夜一样冷清，

冷夜的巉岩死一般严峻。

从海岸到巉岩

　　多么寂寞我的影；

从黄昏到夜阑，

　　多么骄傲我的心。

"自由的元素"呵，

任你是伴装的咆哮，

任你是虚伪的平静，

任你掠走过去的一切

　　一切的过去——

这个世界

　　有沉沦的痛苦，

　　也有苏醒的欢欣。

1973 年 2 月

选自舒婷诗集《双桅船》，上海文艺出版社 1982 年 2 月版

雪之谜

张默

妻的肚皮鼓鼓如

火风箱

而你努力划呀划呀

企图顺急湍的三峡而下

复以发的鼾声

点破

世界

证实一个荒诞不经的故事

热腾腾的是您的视线

一直往妈咪的脸直扑过去

丁当，丁当，您的双睛

荡着不得已的笑意

定定地贴在妈咪的嘴唇上

（好一朵长长的幸福，好一朵雾中之花啊）

据说最奇特的是您的哭声

经常是满屋子的柴可夫斯基

您以小小的手推开天空

红霞奔涌

山岳荡漾

我的惊怵的感触

正如一匹黑暗

覆压着

另一匹

（好一朵长长的美丽，好一朵花中之花啊）

您是一位异客

从不该来的地方来到

我的足下，四处尽是您的鞋印您的琴声

我怎能抓住您的辉芒呢

您、您

您是一朵永不飘逝的

雪之谜

附记：本诗为次女谜谜诞生有感而写。

选自《创世纪》第 32 期，1973 年 3 月

韶山日出东方红（花儿）

翟辰恩

金山银山百宝山，

山里头亲不过韶山。

韶山日出东方红，

太阳光照亮了人间。

金泉银泉甘露泉，

比不上韶山的水甜。

韶山的泉水连江海，

毛主席的恩情无边。

金花银花百花艳，

葵花开赛过金盘。

贫下中农是向阳花，

跟党走心红志坚。

毛主席掌舵辟航线，

不怕那恶浪险滩。

永远沿着红线走，

誓把红旗在五洲插遍。

"不到长城非好汉"，

《六盘山》诗篇铭刻心间，

艰苦奋斗绘宏图，

"复电"精神代代相传。

大寨红旗迎风展，

六盘山修起层层梯田。

牛羊遍山粮满囤，

公社光景赛过蜜甜。

六盘山来山连山，

各族人民心心相连。

团结战斗谱新歌，

肩并肩建设六盘。

黄河九曲十八弯，

朝东流奔腾向前。

继续革命志不移，

跟着毛主席幸福无边。

选自诗集《塞上新歌》，宁夏人民出版社 1973 年 4 月版。原书作者名前标：
社员。

帐篷里

韩作荣

帐篷里，静悄悄，

日照窗口竹影摇。

下班的战士睡着了，

带一脸豪情一脸笑。

钻机上还沾着石头末，

工作服上还有水珠冒。

是谁的鼾声轻又匀，

伴着嘀嘀嗒嗒的马蹄表？

窗外的风呵，你轻些吹，
莫要扯着嗓子乱呼号。

山涧的水呵，你慢些流。
不要喧哗不要闹。

战士奋战老虎口，
他们已几天几夜没睡觉。

湿透的衣衫窗外挂，
脚上还带着血道道。

石头磨秃了手中的镐，
大山压不弯战士的腰。

掘进架起凿岩机，
他们心如钻机突突跳。

连长来到帐篷里，
给战士掖被子，盖棉袄。

忽听新兵小刘梦中喊：
"点炮了！点炮了！大家隐蔽好……"

选自《解放军文艺》1973 年第 5 期

丰收夜

李发模

谁蘸夜色，勾勒山区轮廓，
谁采繁星，点亮山村灯火，
明月从山坳探出头来——
嘿！好个红火热闹的山窝。

看，运粮队归来弯弯路，
闪悠悠篾筐飞且落，
月下，草含夜露银子白，
胸中，战斗的豪情红似火。

库房前，谷堆像小山一座座，
围满了姑娘和小伙。
有的筛，有的簸，
稻浪在心中滚金波。

瓜棚下，豆架旁，
几个老者你邀我约，
指指点点，学习大寨找差距，
捧书笑摆新收获。

回头看那群孩子们，

打滚撒欢攀谷垛，

时而又钻进苞谷林，

留一串风吹翠竹歌……

呵！八月山村丰收夜，

编织着金花银絮千万朵。

莫道深山夜更深，

听，遍地喜报丰收乐。

选自贵州人民出版社编辑《苗岭飞颂歌》，贵州人民出版社 1973 年 5 月版

华南虎

牛汉

在桂林

小小的动物园里

我见到一只老虎。

我挤在叽叽喳喳的人群中

隔着两道铁栅栏

向笼里的老虎

张望了许久许久，

但一直没有瞧见

老虎斑斓的面孔

和火焰似的眼睛。

笼里的老虎

背对胆怯而绝望的观众

安详地卧在一个角落，

有人用石块砸它

有人向它厉声呵喝

有人还苦苦劝诱

它都一概不理！

又长又粗的尾巴

悠悠地在拂动，

哦，老虎，笼中的老虎，

你是梦见了苍苍莽莽的山林吗？

是屈辱的心灵在抽搐吗？

还是想用尾巴鞭击那些可怜而又可笑的观众？

你的健壮的腿

直挺挺地向四方伸开，

我看见你的每个趾爪

全都是破碎的，

凝结着浓浓的鲜血，

你的趾爪

是被人捆绑着

活活地铰掉的吗？

还是由于悲愤

你用同样破碎的牙齿

（听说你的牙齿是被钢锯锯掉的）

把它们和着热血咬碎……

我看见铁笼里

灰灰的水泥墙壁上

有一道一道的血淋淋的沟壑

闪电那般耀眼刺目，

像血写的绝命诗！

我终于明白……

羞愧地离开了动物园。

恍惚之中听见一声

石破天惊的咆哮，

有一个不羁的灵魂

掠过我的头顶

腾空而去，

我看见了火焰似的斑纹

火焰似的眼睛，

还有巨大而破碎的

滴血的趾爪！

1973 年 6 月，咸宁

1997 年 8 月 10 日，据当年札记，添一行诗：像血写的绝命诗！

选自《牛汉诗选》，人民文学出版社 1998 年 2 月版

东部

复虹

我说与你听

东部，东部是大斧劈的山水

山溶溶，水哗哗

却在一朝

山河的动力，凝成青岚

洪水销迹，兆吨的岩层

入定为画

我说与你听

火车穿过荒莽的河床

从鹿鸣桥，可以

支颐支到红叶谷、安通、花莲港

花莲花莲，说过再也不去了

莲移萤走的花莲哪——

也可以，从十七岁

一支颐

到

三十四

迟迟疑疑，才发现

虫豸邮票的那信哪

早已蝶飞纸腐

蝶飞纸腐
故事，故事如一树黄栀
凋于春雨。花闹骤止
时空的筛下
泪水是
苦苦的
迟缓的
一颗
舍利

可焚的
信帙诗笺
不可焚的洪荒
一概在东部
　心游神驰的东部
　　入定为画的东部……

　　1973 年 6 月
　　选自张默等编《中国现代文学大系（1970－1989）·诗卷一》，九歌出版社
1989 年 5 月版

放筏

谢克强

千里江流仰天啸，
又来风雨卷狂涛，
好大的风啊，风似虎，
好凶的浪啊，山样高。

战士江中放木筏，
穿风破雨胆气豪，
铁臂挥——群山惊，
号子起——满江潮。

挥篙长驱江上飞，
奋战恶浪斗志高，
激流——轻步跨，
暗礁——猛一跃。

漫江风雨身后甩，
一腔热血压狂涛，
木筏过处浪花飞，
一杆红旗千里飘。

我借风雨炼赤胆，

风雨伴我战歌高；

排排木材送工地，

铺起条条钢铁道……

选自铁道兵政治部编《大地飞彩虹》，人民文学出版社 1973 年 6 月版

儿歌

叶维廉

一

昨夜我梦见自己睡在鞋子里

缓缓地溜进满天雪花的树林里

远方有母亲的哭泣

远方有母亲的哭泣

二

走过了白水桥

是青色的山

走过了赤泥岭

是蓝色的海

走过了海连天天连海的暮霭

便是绿油油的童年

飞扬在金黄的欢笑里

海连天天连海的暮霭

我走不过

海连天天连海的暮霭

我走不出

三

风定了

姐姐啊

聆听

岩石冷冽的声音

姐姐啊

抚摸

天空苍白的颜面

1973 年夏末

选自刘登翰编选《台湾现代诗选》，春风文艺出版社 1987 年 8 月版

庐山

张永枚

劲松屹立险峰上，

杜鹃盛开岩石旁。

毛主席，

从容登上庐山顶，

批修战鼓响八方。

看！

无耻叛徒，仓皇逃遁，

火飞烟灭，复辟成梦想；

听！

亿万军民，愤怒声讨，

认真学习，擦亮思想的枪。

伟大的党，

更团结，更坚强。

庐山斗争的风雨，

又一次，

锻炼了我们的意志，

洗涤了我们的胸膛……

1973 年夏

选自张永枚诗集《前进集》，人民出版社 1975 年 8 月版

迎着朝霞颂太阳

格桑多杰

我骑着飞驰的骏马，

登昆仑迎旭日朝霞；

红太阳照耀着人民公社，
辽阔草原开遍向阳金花。

我挥动牧鞭绕过翠绿的湖畔，
牧人的笛声歌唱公社的春天；
牛羊肥壮，百花鲜艳，
曲曲赞歌涌上我的心间。

湛蓝湛蓝的青海湖呀，
快敞开你宽阔的胸怀，
我的歌化作奔腾的浪花，
深情的赞歌飞向中南海。

蜜甜蜜甜的雪山银泉呀，
滋润出我嘹亮的嗓音；
我的歌汇入江河万里奔流，
高昂的赞歌飞向天安门。

伟大的毛泽东思想是光辉的灯塔，
毛主席是草原各族人民的金太阳；
党领导我们砸开千年铁锁链，
贫苦牧民翻身做主把家当。

我仰望着鲜红鲜红的党旗。
想起毛主席掌舵的南湖金船，
我唱起雄壮的《国际歌》，

胸怀着共产主义灿烂明天。

选自《高原春笛——工农兵诗集》，青海人民出版社 1973 年 7 月版。原书作者名后标注：藏族。

我们是开山工

史庆云

头戴安全帽，腰系保险绳，
我们是开山工。
迎着时代的风雨，
攀上人迹未到的高峰。

在山尖上打眼放炮，
在峭壁下开路掏洞，
大锤在我们手中飞舞，
大山在我们脚下颤动！

铮铮不挠的钢钎，
凿穿了多少危崖；
乌黑沉重的大锤，
劈开了条条路径……

安源山上，我们砸开身上的锁链，
井冈峰头，我们锻出长矛万柄。

铿锵的锤声汇入斗争号角，
飞闪的火花洒满革命途程。

毛主席率领无产阶级的队伍，
我们永远是开路的先锋。
战斗的风雷滚滚奔腾，
三座大山在我们脚下倾崩！

是我们的血汗写成了人类历史，
是我们造就了世界和英雄，
沿着毛主席的革命路线，
开山工的脚步一刻不停。

何惧磊磊巉岩挡道，
何惧漫漫荆棘丛生，
挥动开山工的千钧大锤，
将一切绊脚顽石砸平！
大旗漫卷浩浩东风，
鲜红的太阳辉耀长空，
勇敢的开山工哟，
开出胜利坦途灿如云锦！

选自《高原春笛——工农兵诗集》，青海人民出版社 1973 年 7 月版。原书作者名前标：工人。

杜甫访问记

罗青

夜暗似壶
他是壶中之酒
耐心地酿造日月星云
给我们幽丽的昨日

晨雾如花
他是花内之蕊
默默孕育金色的果实
给我们灿烂的今天

若你以为他是唐朝人
那你就错了
要说你们根本不认识
那更是荒唐

其实，他可能就住在我们隔壁
也可能就住在我们家里
说不定他就是我们的老爸爸
大哥哥，或是朋友知己

在他的呼吸里，有泪也有笑

在他的声音里，有一个唐朝

多姿地向我们走来

就像我们明天将多姿地

走回成都路走回长安东路……

1973 年 7 月

选自刘登翰编选《台湾现代诗选》，春风文艺出版社 1987 年 8 月版

悼念一棵枫树

牛汉

我想写几页小诗，把你最后的绿叶保留下几片来

——摘自日记

湖边山丘上

那棵最高大的枫树

被伐倒了……

在秋天的一个早晨

几个村庄

和这一片山野

都听到了，感觉到了

枫树倒下的声响

家家的门窗和屋瓦

每棵树，每根草

每一朵野花

树上的鸟，花上的蜂

湖边停泊的小船

都颤颤地哆嗦起来……

是由于悲哀吗？

这一天

整个村庄

和这一片山野上

飘着浓郁的清香

清香

落在人的心灵上

比秋雨还要阴冷

想不到

一棵枫树

表皮灰暗而粗犷

发着苦涩气息

但它的生命内部

却贮蓄了这么多的芬芳

芬芳

使人悲伤

枫树直挺挺地

躺在草丛和荆棘上

那么庞大，那么青翠

看上去比它站立的时候

还要雄伟和美丽

伐倒三天之后

枝叶还在微风中

簌簌地摇动

叶片上还挂着明亮的露水

仿佛亿万只含泪的眼睛

向大自然告别

哦，湖边的白鹤

哦，远方来的老鹰

还朝着枫树这里飞翔呢

枫树

被解成宽阔的木板

一圈圈年轮

涌出了一圈圈的

凝固的泪珠

泪珠

也发着芬芳

不是泪珠吧

它是枫树的生命

还没有死亡的血球

村边的山丘

缩小了许多

仿佛低下了头颅

伐倒了

一棵枫树

伐倒了

一个与大地相连的生命

1973 年秋

选自《牛汉诗选》，人民文学出版社 1998 年 2 月版

盐田间的冥想

羊令野

浪花的脚音

投入咸咸的月色

去收割丰盈的田亩

等不及海的黎明

爱情就要结晶哪

如果曾经沧海

你就是明月的前身

如果曾经桑田

你就是流水的今日

不管他珠胎怎样暗结的

生命的盐总算有了回味

此刻该当冥想些什么呢

云　或者雨

一翻一覆

只是你的千万种姿态

　　　　1973 年 10 月

　　　　选自刘登翰编选《台湾现代诗选》，春风文艺出版社 1987 年 8 月版

子夜读信

洛夫

子夜的灯

是一条未穿衣裳的

小河

你的信像一尾鱼游来

读水的温暖

读你额上动人的鳞片

读江河如读一面镜

读镜中你的笑

如读泡沫

1973 年 12 月 16 日

选自流沙河编著《台湾诗人十二家》，重庆出版社 1983 年 8 月版

山花

颜镇

有人爱那娇嫩的牡丹，

称赞它是花中之王，

我却爱那烂漫的山花，

星星点点布满山岗。

我爱它旺盛的生命力，

沐浴着雨露、阳光，茁壮成长；

我爱它倔强的性格，

顶得住风暴雨狂。

我们革命知识青年，

正和这山花一样，

扎根在广阔的天地里，

点缀祖国万紫千红的春光。

选自《新芽集——上山下乡知识青年创作选（诗歌）》，江苏人民出版社

1973 年 12 月版。原书作者名前标：溧阳县。

我可像个庄稼汉

保纪才

百花盛开艳阳天，

我到农村把家安。

卷起衣袖管，

扛起新扁担，

迈开大步到田间，

口唱山歌心里甜。

喊住队长问一声：

"我可像个庄稼汉？"

老队长对我细打量，

拉拉我的手，拍拍我的肩，

满怀希望把话讲：

"只要决心大，就能像个庄稼汉！"

一轮朝阳当头照，

我越干心里越是欢。

磨起了两手茧，

炼硬了一副肩，

收麦插秧加劲追，

挑担推车大步赶。

队长拉我的手、拍我的肩：

"只要再努力，就能像个庄稼汉！"

迎来一春又一春，

我越干革命志越坚。经风雨、斗暑寒，

贫下中农是老师，

教我读书识路线，

革命熔炉中把红心炼。

老队长对我上下细打量，

拉拉我的手，拍拍我的肩：

"城里来的学生娃，

如今练成庄稼汉！"

说得我心里怦怦跳，

做个庄稼汉，我还差得远！

　　　　选自《新芽集——上山下乡知识青年创作选（诗歌）》，江苏人民出版社
1973 年 12 月版。原书作者名前标：海安县。

护林队

桑恒昌

狂风满沟壑，

大雪淹脚脖。

十里山林中，

流一条脚印的河。

绕千树，走四坡，

一个脚窝一盆火。

这条路，谁走过？
地下党的交通员，
游击队的同志哥。
啊，丛丛幼林簇簇箭，
棵棵大树似城垛。

而如今，又是谁，
留下脚印留下歌？
看，走来钢铁护林队，
牵一天风雪过大坡……

几十年，茫茫风雪埋不住，
千百次，脚印如在石上刻。
只因为——
山是英雄先辈留下的营垒，
树是伟大祖国胸前的花朵。

选自《山东文艺》1973 年 12 月号

微笑·雪花·星星

北岛

一切都在飞快地旋转，
只有你静静地微笑。

从微笑的红玫瑰上，
我采下了冬天的歌谣。

蓝幽幽的雪花呀，
你们在喳喳地诉说什么？

回答我，
星星永远是星星吗？

　　　1973 年

　　　选自北岛自印诗集《陌生的海滩》，《今天》丛书之二，1980 年 4 月

小木房里的歌
　　　——献给珊珊二十岁生日

北岛

为了你，
春天在歌唱
草绿了，花红了
小蜜蜂在酒浆里荡桨。

为了你，
白杨树弯到地上
松鼠窜，杜鹃啼

惊醒了密林中的大灰狼。

为了你，
乌云筛了筛星廊
雨珠落，水花飞
洒在如痴的小河上。

为了你，
风鼓云帆去远航
潮儿涌，波儿碎
拍打着河边的小木房。

为了你，
小木房打开一扇窗
长眠的哥哥醒来了
睁开眼睛向外望。

为了你，
小窗漏进一束光
他蘸着心中的红墨水
写下歪歪斜斜的字行。

1973 年

选自北岛自印诗集《陌生的海滩》，《今天》丛书之二，1980 年 4 月

屠夫

蔡其矫

当人猛增

而猪陡减

你满脸红光

下巴叠成三层,

想捞些油水的

都向你罗拜。

即使是混毛的

浅膘的

灰色的

提着一块走过街上

也引来无数羡慕,

就在这

缺乏上面

私心上面

短视上面

建造你渺小狂妄的权威。

1973 年

选自蔡其矫诗集《生活的歌》,人民文学出版社 1982 年 7 月版

致太阳

多多

给我们家庭，给我们格言

你让所有的孩子骑上父亲肩膀

给我们光明，给我们羞愧

你让狗跟在诗人后面流浪

给我们时间，让我们劳动

你在黑夜中长睡，枕着我们的希望

给我们洗礼，让我们信仰

我们在你的祝福下，出生然后死亡

查看和平的梦境、笑脸

你是上帝的大臣

没收人间的贪婪、嫉妒

你是灵魂的君王

热爱名誉，你鼓励我们勇敢

抚摸每个人的头，你尊重平凡

你创造，从东方升起

你不自由，像一枚四海通用的钱！

1973 年

选自《诺言：多多集 1972～2012》，作家出版社 2013 年 10 月版

手艺

——和玛琳娜·茨维塔耶娃

多多

我写青春沦落的诗

（写不贞的诗）

写在窄长的房间中

被诗人奸污

被咖啡馆辞退街头的诗

我那冷漠的

再无怨恨的诗

（本身就是一个故事）

我那没有人读的诗

正如一个故事的历史

我那失去骄傲

失去爱情的

（我那贵族的诗）

她，终会被农民娶走

她，就是我荒废的时日……

1973 年

选自《诺言：多多集 1972～2012》，作家出版社 2013 年 10 月版

墓铭

灰娃

从我连哭带嚷闯进世界未久
不洁的唾液就填塞我的时空

当撒手尘寰那些因我降生
忤犯了的言语表情都变为装饰

鬓角额前星星缀满我
为厚道的心呼号用嘶哑的嗓音

即使世间没有感应没有回音
也压根儿就没有真这件事情

摇曳人心魂的风歇息了
钟声也已静默，我笨拙善意的唇

也寂然闭合，从那儿凋谢了往日的
琴声激情，有的虔诚有的心不由衷

我眼睛已永远紧锁再也不为世人流露
深邃如梦浓荫婆娑

安息着我额上青青桂树
谁给栽的？我

已然沉寂不醒
松涛凝定不动一口静穆千年的钟

想起我挂了重彩的心它
一面颤抖一面鲜血直流

如今它已停止了跳动世人再也不能
看它遭刑而丝毫满足

生而不幸我领教过毒箭分量
背对悬崖我独自苦战

与维纳斯阿波罗对垒
弓开箭鸣飞矢钻动我心上嗖嗖交锋

我抵抗生命陡峭的风浪，一人
流尽人间眼泪，只剩些苦涩回声

从峭壁迸溅散发野草泥土气息
带着魔法力量，我发誓

走入黄泉定以热血祭典如火的亡灵
来生我只跟鬼怪结缘

我听着日月飞逝，明亮的光影

凌乱斑驳触响我心中幽深的叹息

记忆的枝叶静静飘落

是一些心灵厚意我欠下的

怕是来不及回报了

尘世已为广大的静寂笼盖

我已走完最后一程

美丽的九重天在头上闪耀

1973 年

选自灰娃诗集《山鬼故家》，人民文学出版社 1997 年 7 月版

我战栗地回忆过去

鲁双芹

用双手遮住灯光

不要责备我，亲爱的

我最初的那些拙劣的诗句

没有韵脚

也没有神奇的比喻

那是和生活倦怠的搏斗

在纸上的遗迹。

一个人躺在黑暗里
谁也不来打扰他的孤独
烟卷吝啬的红光慢慢熄灭着
世界全部聚拢在那受伤的眼睛里
于是——
我诞生了
不是生于缪斯的怀抱。
用我的颅骨
去撞击生活
在锁链的响动上
我听到的却是痛苦的微笑

1973 年

选自《诗歌月刊·下半月》2006 年第 4 期

天空

芒克

1

太阳升起来
天空血淋淋的
犹如一块盾牌

2

日子像囚徒一样被放逐

没有人来问我

没有人宽恕我

3

我始终暴露着

只是把耻辱

用唾沫盖住

4

天空，天空

把你的疾病

从共和国的土地上扫除干净

5

可是，希望变成了泪水

掉在地上

我们怎么能确保明天的人们不悲伤

6

我遥望着天空

我属于天空

天空呵

你提醒着

那向我走来的世界

7

为什么我在你的面前走过

总会感到羞怯

好像我老了

我拄着棍子

过去的青春终于落在我手中

我拄着棍子

天空

你要把我赶到哪里去

我为了你才这样力尽精疲

8

谁不想把生活编织成花篮

可是，美好被打扫得干干净净

我们这么年轻

你能否愉悦着我们的眼睛

9

带着你的温暖

带着你的爱

再用你的绿舟

将我远载

10

希望

请你不要去得太远

你在我身边

就足以把我欺骗

11

太阳升起来

天空——这血淋淋的盾牌

1973 年

选自《芒克的诗》，人民文学出版社 2009 年 5 月版

冻土地

芒克

像白云一样飘过去送葬的人群

河流缓慢地拖着太阳

长长的水面被染得金黄

多么寂静

多么辽阔

多么可怜的

那大片凋残的花朵

1973 年

选自《芒克的诗》，人民文学出版社 2009 年 5 月版

流浪汉之歌

宋海泉

一

抖索飘摇的枯叶被带上长空，
哀鸣失群的孤雁被留在沙滩上；
同是一个凄风苦雨的夜晚，
流浪汉蜷曲在冰冷的栈房。

饱经身世的浮沉，
历尽人间的风浪；
现在还有什么能搅扰这疲倦的旅客，
倒下，就进入恬静的梦乡。

褴褛的衣襟还滴着水滴，
头边枕着空空的行囊；
黧黑的额头，深嵌着苦难的皱纹，
瘦削的面颊苍白无光。

避开尘世的喧嚣与繁华，
他来到这异国远方；
为什么还不收住脚步，
支撑身体的是一根斑驳的木棒。

二

他在寻找什么？
是探索人生的真理，还是寻觅幸福的宝藏？
是追回逝去的青春的欢乐。
还是为了赢得心爱的姑娘。

是找一块开满春日鲜花的山谷，
把他美好的回忆静静安放；
还是找一处幽深黑暗的墓穴，
把他默默腐烂的躯身埋藏？

是冷酷生活无情地追逐驱使，
还是生命的热情在胸中奔流冲荡？
莫非这就是命运派给的司职，
把凄凉的世界，当作那一隅温暖的家乡？

他迈开僵硬的双脚，
一步步走向永恒的死亡。

啊，死亡，你伟大的造物的仆人，
把上帝的作品送还原方。

三

是的，终有一天
一抔黄土将堆在旅途的终点。
日久天长，荒草掩埋了小小的坟丘，
飘荡的雾霭中弥漫着深沉的遗憾。

可是由于轻掷了青春年华的悔恨，
可是由于未尽情地享受美酒甘醇？
或是——咳，算了吧，世人的猜测
都是浮光掠影。

当面给他的，是姑娘们嘲笑的皮鞭。
里面还掺着一半可怜；
背后投来的，是顽童的石子，
和老爷爷好心施舍的山药蛋。

也许，一位少女会在坟前洒一掬真情的热泪；
也许，一位放牛娃会献上一束野花编成的花环；
也许，一位银发的老奶奶会给咿呀学话的孙子讲述：
"曾经有过这样一个流浪汉……"

四

金色的太阳从东方升起，

美丽的朝霞映红了半边天；

蹒跚地向着太阳和死亡

走来的，是我们的流浪汉。

紧紧跟随他的，只有自己忠实的影子，

路边青草上露珠，依恋地打湿了裤管。

两眼直直地盯住前方，

袅袅炊烟，留在后面。

"这里也不是我的爱……"

流浪汉轻轻地感叹。

停止你的脚步吧，

打住你对命运的挑战。

"不，我还要走，

我要走遍海角天边……"

我只能用一声叹息为你送行，

流浪汉啊，固执的流浪汉。

1973 年写于白洋淀寨南村

选自郝海彦主编《中国知青诗抄》，中国文学出版社 1998 年 2 月版

哦，眉眉

杨桦

当我玫瑰的温馨漫抚着别人的甜吻，
当我丁香的蓝郁留恋着别人的情唇，
我悲哀地回忆起在消逝的往日，
那可爱的花儿曾向我频频致情。

眉眉，
你微笑地说你最爱吃熟破的石榴，
早晨我把石榴的莹粒剥满你的羹匙；
你轻叹地说你爱冬梅的稚静美秀，
夜晚我采来的雪梅把你的绣枕沾湿。

唉，可是，
我破裂的情榴化作寂寞的泪水的时候，
我苦涩的雪梅碾作回味香尘之时，
丁香树下那手持红玫瑰赴约的情友。
他怎知你是否忘记了晚间的枕湿与清晨的甜食？

当我玫瑰的温馨漫抚着别人的甜吻，
当我丁香的蓝郁留恋着别人的情唇，
唉！
我哀叹地回忆起那花儿频频致情的诚恳，

我又怎能忘记那梅花湿枕的夜晚，

和莹粒欲滴的清晨。

1973 年

选自郝海彦主编《中国知青诗抄》，中国文学出版社 1998 年 2 月版

1974^年

爱情烟幕

罗青

人家都说你是岛
可是我总还认为你是船
总还喜欢在你不太广阔的平原上
幻想着窄窄的甲板

你是船
然你却摇摇泊在风中雨中
一泊就是几百年呵
你不曾远航

因为你老是无奈地把自己的身体
暴露在异邦人的长刀与短靴之下
无奈地把单薄的身世，租给血租给泪
租给许多过分悲惨的故事

你是船，是船
然你却定泊在岸外海外
一泊就是几千年呵
你不堪远航

因为你老是负载着

过多过重的乡愁

那些深深埋藏如矿的乡愁

坚硬危险且易燃

唉，就算你是岛吧

然而，我已疲于疑惧倦于流浪

疲倦于孤独的我

是多么希望

你能设法

去靠一靠岸呵

哪怕是轻轻轻轻的那么

一靠

1974 年 1 月

选自刘登翰编选《台湾现代诗选》，春风文艺出版社 1987 年 8 月版

白玉苦瓜

——故宫博物院所藏

余光中

似醒似睡，缓缓的柔光里

似悠悠醒自千年的大寐

一只瓜从从容容在成熟

一只苦瓜，不再是涩苦

日磨月磋琢出深孕的清莹

看茎须缭绕，叶掌抚抱

哪一年的丰收像一口要吸尽

古中国喂了又喂的乳浆

完美的圆腻啊酣然而饱

那触角，不断向外膨胀

充实每一粒酪白的葡萄

直到瓜尖，仍翘着当日的新鲜

茫茫九州只缩成一张舆图

小时候不知道将它叠起

一任摊开那无穷无尽

硕大似记忆母亲，她的胸脯

你便向那片肥沃匍匐

用蒂用根索她的恩液

苦心的慈悲苦苦哺出

不幸呢还是大幸这婴孩

钟整个大陆的爱在一只苦瓜

皮靴踩过，马蹄踏过

重吨战车的履带碾过

一丝伤痕也不曾留下

只留下隔玻璃这奇迹难信

犹带着后土依依的祝福

在时光以外奇异的光中

熟着，一个自足的宇宙

饱满而不虞腐烂，一只仙果

不产生在仙山，产在人间

久朽了，你的前身，唉，久朽

为你换胎的那手，那巧腕

千晒万眯巧将你引渡

笑对灵魂在白玉里流转

一首歌，咏生命曾经是瓜而苦

被永恒引渡，成果而甘

1974 年 2 月 11 日

选自刘登翰编选《台湾现代诗选》，春风文艺出版社 1987 年 8 月版

林冲夜奔（节选）

——声音的戏剧

杨牧

第一折　风声·偶然风、雪混声

等那人取路投草料场来

我是风，卷起沧州

一场黄昏雪——只等他

坐下，对着葫芦沉思

我是风，为他揭起

一张雪的帘幕，迅速地

柔情地，教他思念，感伤

那人兀自向火

我们兀自飞落

我们是沧州今夜最焦灼的

风雪，扑打他微明的

竹叶窗。窥探一员军犯：

教他感觉寒冷

教他嗜酒，抬头

看沉思的葫芦

这样小小的铜火盆

燃烧着多舌的山茱萸

诉说挽留，要那汉子

忧郁长坐。"总比

看守天王堂强些……"

如寒落的天气——我们是

我们是今夜沧州最急躁的风雪

这样一条豹头环眼的好汉

我是听说过的：岳庙还愿

看那和尚使禅杖，吃酒，结义

一把解腕尖刀不曾杀了

陆虞候。这样一条好汉

燕颔虎须的好汉，腰悬利刃

误入节堂。脊杖二十

刺配远方

扑打马草堆，扑扑打打

重重地压到黄土墙上去

你是今夜沧州最关心的雪

怪那多舌的山茱萸，黄杨木

兀自不停地燃烧着

挽留一条向火的血性汉子

当窗悬挂丝帘幕

也难教他回想青春的娘子

教他寒冷抖索

寻思嗜酒——

五里外有那市井

何不去沽些来吃？

1974 年 2 月①

选自刘登翰编选《台湾现代诗选》，春风文艺出版社 1987 年 8 月版

西沙之战（节选）

张永枚

序诗

炮声隆，

---

① 原编者注：《林冲夜奔》取材自《水浒》，作者借用元杂剧的关目结构，共分四折，每折一个叙述者，即为诗的抒情主人公。第一折：风声。偶然风、雪混声。第二折：山神声。偶然判官、小鬼混声。第三折分甲、乙、丙，都是林冲的独白。第四折又回到开头，为雪声，偶然风、雪、山神混声。作者不直接叙述故事，而是借用这个妇孺皆熟的情节，在规定情景中，以特殊的身份（如风、雪、山神以及林冲内心的戏剧独白），予以强烈的抒情，故副题为"声音的戏剧"。

战云飞，

南海在咆哮，

全世界，

齐注目，

英雄的西沙群岛。

涌浪里，风云中，

海燕排空上九霄。

壮志鼓双翅，

豪情振羽毛。

飞翔吧，海燕！

歌唱吧，海燕！

快告诉我们，

西沙军民是怎样把入侵者横扫……

一、美丽富饶的西沙

阳光在碧波上一耀一闪，

海风把浪花卷上礁盘，

金子似的沙土，

白玉般的海滩，

珠贝铺满地，

鸟肥积如山；

野海棠，

高撑着翠绿的巨伞，

羊角树，

伸展在石缝路边；

开不败的野花啊！

红白蓝黄千万点，

汲不尽的清泉啊！

甘甜如蜜微带咸，

是祖国妈妈的乳汁，

点滴叫人力量增添……

啊！

美丽的西沙群岛！

像一把珍珠，

撒在南海的水面。

看领海：

鱼群在遨游，

三两飞出波涛间；

马蹄螺，

梅花参，

恍惚如在镜中闪；

海松劲拔，

海柳刚健，

珊瑚的异彩迷人眼。

澹澹的海波，

像一块蓝丝绒，

把神奇的宝藏遮掩……

富饶的西沙群岛！

人民爱你，

强盗垂涎。

啊！西沙群岛！
你富饶美丽，
更雄伟壮观，
像一组组威武的哨兵，
把守着航道要冲，
守卫在云水之间。

西沙自古是中国的领土领海，
我们祖先的足迹早把诸岛踏遍；
多少辈，
渔船来此捕捞，
多少代，
航队锚泊海湾；
更有那，汉字碑，
先辈坟，
永乐古钱，
蓝花瓷盘，
文物、古迹，
铁证万件。
使人依稀可见：
祖先的渔火，
汉、唐的炊烟，
明、清的篷帆……

啊！

古歌中的

"千里长沙，

万里石塘"，

和祖国大地山水相依一脉连；

西沙、南沙，

中沙、东沙……

都是中华民族壮丽的渔乡，

岂能让强盗霸占！

选自《光明日报》1974年3月15日

乡愁四韵

余光中

给我一瓢长江水啊长江水

　　酒一样的长江水

　　醉酒的滋味

　　是乡愁的滋味

给我一瓢长江水啊长江水

给我一张海棠红啊海棠红

　　血一样的海棠红

　　沸血的烧痛

　　是乡愁的烧痛

给我一张海棠红啊海棠红

给我一片雪花白啊雪花白
　　　信一样的雪花白
　　　家信的等待
　　　是乡愁的等待
给我一片雪花白啊雪花白

给我一朵腊梅香啊腊梅香
　　　母亲一样的腊梅香
　　　母亲的芬芳
　　　是乡土的芬芳
给我一朵腊梅香啊腊梅香

　　1974 年 3 月
　　选自《余光中诗选》，海峡文艺出版社 1988 年 3 月版

麂子

牛汉

远远的
远远的
一只棕黄色的麂子
在望不到边的
金黄的麦海里

一蹿一蹿地

似飞似飘

朝这里奔跑

四面八方的人

都看见了它

用惊喜的目光

用赞叹的目光

用担忧的目光

麂子

远方来的麂子

你为什么生得这么灵巧美丽

你为什么这么天真无邪

你为什么莽撞地离开高高的山林

五六个猎人

正伏在丛草里

正伏在山丘上

枪口全盯着你

哦，麂子

不要朝这里奔跑

1974 年初夏，咸宁

选自《牛汉诗选》，人民文学出版社 1998 年 2 月版

台东大桥

敻虹

一

大台风之夜
母亲说：风向回南了
回南，苦苓子飞落一地
石石磊磊的卑南溪啊
洪暴已经过了警戒线
听说大吊桥已流走
如抱的钢丝曾奋力坚持
与万匹马力的山洪，决
臂力、张力
如蛟的钢魂终于不支
钢断
如英雄之崩倒
鸟静日落、心悸泪流
皆不拟的
悲哀啊

二

荒山荒水

石连石

叠叠磊磊的卑南溪啊

石堤的巨肺在沙中吐纳

我的血脉连着

石堤的血脉悠悠连着

荒古，信耶不信

荒天荒地，如此

洪荒的感觉，流湍向

内

听说吊桥已流失

山哭石恸，卑南溪灰灰的大堤

灰灰南溪吊桥怎可流失我的童年

同年同在堤上的孩子

同不同我

如此追想

笛声迢递的童年

三

苦苓子落地十遍

我已一树华荫

母亲母亲为我讲了许多故事

孩子孩子我对你该说些什么

卑南溪雨来无兆大水滔滔

钢骨与河拔河

钢断

逝者如斯如斯

大吊桥大吊桥

今已杳杳

杳杳如我

迢递的童年

——焚香，一祭

　　后记：台东大桥，原是远东第一吊桥。跨架于卑南溪上，数年
前为大水冲失，今已无迹可寻。臆想当夜，黑水困斗白龙，翻腾嘶
呐，以至于死。余爱其兽，观测不足，以诗记之。

　　1974 年 5 月·屏东

　　选自张默等编《中国现代文学大系（1970 – 1989）·诗卷一》，九歌出版社
1989 年 5 月版

机床工歌

张永枚

汽笛是命令，

准时进工厂，

口唱革命歌，

身披早霞光，

渴望劳动奔机床，

"你早，好伙伴，

一夜少见叫人想。"

天车铃声紧，

部件从天降，

图纸虽无言，

却有万语藏，

一道道曲线直线似叮咛：

"同志，战斗方案早实现。"

革命蓝图胸中装。

车刀赛宝刀，

白刃放银光，

进刀如作战，

油烟随风荡，

美丽的铁刨花，

白变黄，黄变紫，

五彩缤纷恰似心花放。

红心全贴上，

质量日日强，

一根头发分八道，

相差一道也不让，

革命的活儿越干越欢畅，

为时代巨轮造零件，

革命车刀永放光。

1974 年夏

选自张永枚诗集《前进集》，人民出版社 1975 年 8 月版

听一位黑人朋友朗诵诗

李瑛

我倾听一位黑人朋友朗诵一首诗，

——一首反抗奴役的诗，

——一首呼唤解放的诗，

——一首战斗的诗。

他站在那里，像一团烈火，

他迈动阔步，像一只狮子，

他的两眼放光，

声音像爆炸的霹雳，

谁知他胸中，

冲撞着多少仇恨和期冀。

他用闪闪的钻石作语言，

他用滚滚的波涛作韵律，

像一双大手撼动整个非洲，

召唤他们的每一粒子弹，前去杀敌！

曾经有过一个苦难的非洲，

那里，人民曾付出海样深的鲜血，

被屠杀、被掳夺，

被贩卖、被奴役，

仇恨燃烧在暗夜，
照耀他不屈的儿女！

当最后一滴汗珠，
在烈日下蒸干之前，
非洲，你的人民，
便从帝国主义的皮鞭下崛起，
——在丛林中，击响战鼓，
——在戈壁滩，升起大旗。

呵，真是一个伟大的年代！
呵，真是一个沸腾的世纪！
天下的奴隶要坚决站起来，
胸膛可以射穿，战歌不会死去！

望着眼前这位黑人朋友，
我怎能不想起这片大陆苦难的经历，
当通红的诗句，
流出他滚烫的嘴唇，
我听见，那声音，
正和全世界人民反帝反霸的怒吼响在一起！

1974 年 7 月

选自《李瑛诗选》，四川人民出版社 1981 年 5 月版

理想之歌（节选）

北京大学中文系七二级创作班工农兵学员集体创作①

红日、

　　白雪、

　　　　蓝天……

乘东风

　　飞来报春的群雁。

从太阳升起的北京

　　启程，

飞翔到

　　宝塔山头，

落脚在

　　延河两岸。

欢迎你们呵！

　　突击队的新战友，

欢迎你们呵！

　　我们公社的新社员。

喝一碗

　　热腾腾的米酒吧！

——延安人民的情意

————————————

①据高红十撰文回忆，该诗作者"为1972年入学的北大中文系文学专业学员"四人：高红十、陶正、张祥茂、于卓，"《理想之歌》是我们四人创作的，谢冕老师指点过"。见《〈理想之歌〉问世前后》，载《现代人》1994年第8期。

　　酿在里边；
吃一把
　　红彤彤的大枣吧！
陕北的枣儿呵
　　蜜一般甘甜！
看你们白羊肚手巾
　　红袖章，
——高原上
　　又开放一片山丹丹……

新来的战友呵，
你问我：
　　　"什么是
　　　　革命青年的理想?"
　　怎样理解
　　　　又怎样实践?
——这确是一张
　　十分严肃的考卷！

……唢呐声、腰鼓点，
　　信天游一曲上云端。
牵动我心中的
　　滚滚延河水呵，
让我告诉你——
革命的理想呵，
　　怎样引导我

踏上眼前的康庄大道，

革命的理想呵，

又怎样激励我们

跨入闪光的明天……

一

当我第一次

睁开眼睛，

祖国

正是朝霞满天的黎明。

双脚刚刚落地，

就踏上了

红色的甲板，

扑面而来的

是前进航程中

汹涌的浪峰。

阿姨讲起

包身工的希望，

伯伯掏出

儿童团的红缨。

"快点长大吧！

等待你的

是又一场伟大的革命。"

也有人送来

一只白鸽，

说它象征着

永久的和平。

"你真幸运呵

　　再不会看到

　　　　阶级斗争的刀光剑影……"

——多少幅画卷

　　在跟前展开，

哪一幅是

　　最好的远景？

理想的航帆

　　就这样

　　　　升起来了，

四方来风

　　就这样

　　　　将它吹动……

大跃进的炉火

　　烧毁了右派分子的迷梦，

炉膛里

　　有我捡来的

　　　　碎铁小钉；

叔叔们写批判稿

　　投入庐山的战斗，

我帮助

　　把墨研得

　　　　又黑又浓……

我虽没有赶上

战火纷飞的年代，

身边仍然是

暴雨急风！

凝视着

红军草鞋上的血斑，

抚摸着

八角帽上的弹洞，

我懂得了

创业的道路

是革命先辈

用生命和鲜血铺成。

从《雷锋日记》的

字里行间，

从收音机里

广播的"九评"，

我知道了

为了巩固政权，

正进行着

更壮丽的万里长征！

先烈的目光

像在大声发问：

"我们的理想

怎样实现？

未竟的事业

谁来继承？"……

选自人民文学出版社编《理想之歌》，人民文学出版社 1974 年 9 月版

白色的歌

夐虹

爸爸的头发变成白的
变成我心里一首
白白的歌，悲伤的调子唱的

但是爸爸不以为然
他说白头发蛮漂亮的
岁月算什么
逆境算什么
妈妈的血压很高
睡眠不好
我的怜悯从
她的婴孩时期开始
我想妈妈从前
也是一个可爱的婴孩
她的爸爸妈妈
多么疼她
如何能知道
他们的宝贝，日后
受那么多苦难
双手的皮肤龟裂
指甲也不好看

脸上也不好看

有时候我就怪爸爸

为什么不知道痛惜她

但是如果爸爸有几天不在家

她便那么担心害怕

一点也不是我想像

她会仇恨他的

那样

因为我是他们的孩子

就那么不懂道理地

牵挂

你就是对我说一百遍

人总要变老变丑

我的心底仍为他们唱

一首绵绵的悲歌

像古老的先民

从四野唱

慢慢唱出一首首民谣

那样

1974 年 10 月

选自张默等编《中国现代文学大系（1970－1989）·诗卷一》，九歌出版社
1989 年 5 月版

雪中路

桑恒昌

柳绒子大雪拍窗户，

一夜没有住，

茫茫天地间，

成了冰雪库。

清晨出门看，

封了山，屯了湖，

却没堵死路。

一阵歌声唱破了天，

开过解放军的铁队伍。

刚从风中来，

又往雪中扑。

一片红星映天地，

一溜冰峰肩上竖。

当年北国歼日寇，

英雄雪上飞，林吼千山怒。

要战胜北冰洋袭来的大风雪，

更要炼狩猎的硬功夫！

红旗扫净一天雪，

军号吹散团团雾。

铁脚犁开路一条，

直奔火霞更深处。

选自《春笋集——工农兵诗选》，山东人民出版社 1974 年 10 月版

火的喷泉
——写于转钢炉边
顾工

一根根火柱冲天，

一簇簇火花飞溅，

啊！我在这里看到，

一个个火的喷泉！

珍珠泉虽然美丽，

趵突泉可算奇观，

可是怎能比得上火的喷泉，

这样使人雀跃，使人心欢。

火的喷泉震响祖国的呐喊，

火的喷泉传出幸福的语言，

喷泉喷出灿烂的未来，

喷泉喷出永不消逝的春天。

选自顾工诗集《火的喷泉》，山东人民出版社 1974 年 11 月版

箫孔里的流泉

叶维廉

鸟鸟鸟鸟
一片织得密不通风的鸟声
随着朝霞散开

透明
便肌肤似的
延伸起来
城市渺小了

最后的一颗晨星淡灭
高山上
泉水穿入一只巨大的横箫的体内
从箫孔里
流出

红木凝听
溪石靡奏
山翠浓浅浓浅地伴着
入谷出谷
入云出云
谷凝听

云摩奏

直到

瀑布一泻
泻入洗衣洗菜洗肉洗化学染料洗机身车身的
一片密不通风的马达的人声
人人人马达马达人人人马达人
响彻云霄

　　1974 年 12 月 22 日　台北

　　选自《叶维廉诗选》，人民文学出版社 2008 年 3 月版

1974 年——最后的话

张寥寥

记忆渐渐老去
那些童年时代诞生的理想
仍然
光芒四射地鞭策着我的心灵
我知道
将来那干枯冰冷的坟墓
距我还有遥远的路程
可漫长的时间
永远也制止不了

哪怕是圣洁的——谎言

我面色发白

狼一样的眼睛面对真实

洛克菲勒办了一百个孤儿院？

我比他慷慨

我给你们——我的诗

多大的一笔财富

我不是守财奴

今年来

语言从刀子变成了炮弹

炸碎庸俗、低劣的卑鄙的贪欲

你们像被雷劈中了

痛切地感到

没有理想的孤单

无论什么年代

什么名称的宗教

我的诗

像铁锹一般把它们铲出你的脑海

我歌颂建设和锤炼的双手

可是我的手

别泄气——别以为——我肩上吊着

无力的爪子

像是两支苍蝇拍

看

比坟地的秋夜还要荒凉的虚无

到处弥漫着沾臭的浓雾

在脆弱的灵魂中——

伸出我的手

开始天才的劳作

那些溃疡的精神世界

将喷出献血的湍流

有了理想的火

就会有炽热的光辉

第一个前进的步伐

都会把细瘦的马路

像踩断鸡肋一样——听——

咯扎扎的碎裂

为理想

我蔑视一切长出白发的灵魂

我将在纸张柔嫩的皮肤上

血淋淋地

砍下

每一颗虚伪的头颅

在这个领域

我是独裁者

诗的源泉

早已干枯

我的五脏六腑

被践踏着

七四年

残酷得令人头晕

为什么

要监禁所有的天才、真诚、热情、美

还有我的哥哥

手指绞扭着

咔咔的声响

连狗听了都伸出了舌头

可谁看得见我的神经

那纤细的生命线索

在时间的搓板上

反复揉搓

监狱长大了疯狂的嘴

除了一切无辜者

还吞下了

诗歌光明的一面

本来

由我的舌头

把绵羊一样温软的诗句

挂列在你们面前

连善良而聪明的黑妞咪咪

都停下脚步

为着清新和干净的声音

竖起它毛茸茸的耳朵

因为那些句子的起始

来自它那可爱的小蹄子

但是现在

诗

像是没有木桩的铁丝网

乱绞一团

只有铁的筋

只有刺

铁的刺

刺伤了您那

细皮嫩肉了吗

活该！

我自己不去

正在流血

去吧在流血

去吧七四年

我毫不惋惜这无味生命的流逝

我知道

七五年将要用四条腿走过

七六年要想渡过

除非你长上翅膀

来把七五年

你这胆小鬼

看看咱们谁打断谁的腿

听，爆竹响了

送七四年的阴魂上路了

嘣！

1974 年 12 月 31 日

选自《诗歌月刊·下半月》2006 年第 4 期

社会主义大道宽又长

魏文中

新旧社会不一样，
旧社会地狱十八层，
新社会咱一步入天堂。

旧社会：
草房挡不住风和雨，
大水围门泪汪汪。
新社会：
青砖到顶新瓦房，
晚上电灯亮堂堂。

过去不如牛和马，
如今做主把家当；
过去吃的糠和菜，
如今粮食堆满仓；
过去破衣不遮体，
如今新衣满柜装。

林彪这个复辟狂，
"今不如昔"瞎叫嚷，
想叫咱重新当奴隶，

贫下中农恨满腔。

毛主席革命路线是生命线，

社会主义大道宽又长，

咱迎着风浪向前进，

谁要搞复辟，就叫他灭亡！

选自天津人民出版社编辑《小靳庄诗歌选》，天津人民出版社 1974 年 12 月
版。原书作者名前标：老贫农。

二十六个音节的回想
——献给逝去的年华

林莽

A

夕阳在沉落

土地上回荡起挽歌声

昨日的一切已经死去

残留下蜘蛛一样的意念

罗织着捕获的网

B

庙宇倒塌了

迷信的尘埃中，有泥土的金身
没有星座，没有月光
只有磷火在游荡
废墟上漂浮起苍白的时代

      C

海，翻腾过；海，呼啸过
浪花把漂到岸边的殉难者催眠入睡
群帆闪动着金色的阳光
海风吹起告别的蓝头巾
生活，在时代的泡沫上漂摇

      D

手撰写着远古的历史
大脑永远在发问
荒谬从哪里诞生，丑恶又如何开始
人类心灵中，从什么时候起
就反锁了偷火的巨人

      E

一切都在消失，理念破碎了
思想抛弃了所有古典而端庄的情人
在人生嘈杂的城市鬼混

有时也梦见那条朴素的乡路

那向着星空的放歌

F

记得童年，乡野的风质朴而温和

是母亲和土地给了我一颗纯洁的心

如今，仙人掌一样地肿大着

在埋葬着朝圣者的沙滩上

长满针刺的身躯，迎送着每一颗暴虐的太阳

G

青春载着压迫和忍耐

走那条被灵魂所厌弃的路

痛苦与孤独终于登上了愤恨的山峰

正是那些值得纪念的日子，那些没有雾的黎明

觉醒和希望就结成了反抗的同盟

H

苦难被无情地折断了

流出了石油一样漆黑的血液

用苦艾酒洗浇一下受创的灵魂

剖开脚下的土地

掩埋下这颗幽咽的心

I

当我醒来的时候，战场上没有硝烟

横卧在泥沼的路上

咀嚼着太阳的香味，我没有一点力量

索性把硕长的身躯变成另一条路

让时代的皮鞋底踏得咯咯地响

J

祖国没有抛弃秋天般的乡愁

风吹不散我久已的情思

在那梦永远穿不透的夜晚，肩披满天星幕

我走在无数个村庄的路上

土地——每寸都是岛屿

K

风雨吹打着青春的向往

岁月是多么的凄凉

在遗忘过水手的荒岛上

我描绘着生命的船

寄托在波涛上传递，滚向遥远的地方

L

迈不开现实的意识，是一只棕色的熊
生命从没有扬起过浪漫的帆
这阴霾的日子，梦也不得安宁的夜晚
我就缅想着，在地壳的岩层上
建起那座伟大的灯塔

M

孩子回来了
带着一棵脆弱的花枝
在冬天冰冷的面孔下
向雪花倾吐过梦幻
神啊，用你温厚的斗篷，拯救这病弱的婴儿吧

N

覆盖冰层的心房，在几千年的文明史上
只歌颂那侏儒般的怪物
也只有他孤傲地搏击着夜的长空
硕大的灵魂终于冲破了矮小的躯壳
在故乡的土地上，我，不知疲倦地效仿着

O

专制的幕布，幽禁了大理石的雕像
五线谱在钢琴上发出刺耳的喊叫
在这个盛产高音喇叭的国度
灰制服中有女人柔美的肩肘
谁树起的旗帜下，有一群肮脏的狗

P

辛勤的思想长满了厚厚的老茧
心灵依旧喷吐着铅石一样沉重的烟
在泥沼的土地上，村庄像诗行一样
包含着无数个昏睡的家庭
也只有劳动在黎明的晨光中觉醒

Q

时代的编年史上
一度人们拜信于古色巨大的书房的主人
当辗转历史的波涛汹涌时
成百万没有盾牌的士兵
流着苍白的血

R

我沉痛地看着，怀着世纪末的悲哀

迷信的牛车，从这样的国度

又进入了新的同样的道路

在血一般的晚霞中，在青春的亡灵书上

我们用利刃镌刻下记忆的碑文

S

子夜滚过巨大的霹雳

闪电映出一个奔逃的鬼影

紧紧抱着那些由于惊恐而麻木的心

被迷惑的肉体处在急骤的冷雨中

庞贝城战栗着，威苏维还没有下定最后的决心

T

依偎在母亲般的土地上，倾听祖国的心跳

苍白的你，躺在冰冷的手术台上

人民将用鲜血洗涤你心灵的创伤

我无语地伸出一支粗壮的手臂

我是你忠诚的儿子

U

踏着荒凉的海岸，信步徜徉
舒展开紧蹙的眉梢，远送着退却的海潮
过去了，逝去了
粗糙的心，再也听不进血腥而伪善的赞美诗
冲出原始森林，闪烁在更多的道路上

V

空气中浮动的球体呀，运载着一个纷乱的家族
从古罗马的短剑终于见到了太空中的蘑菇云
笑容可掬的人类，走在联合国大厦的阶梯上
用高脚杯盛满仇恨，我们一饮而尽
一切都会过去，未来并没有依附着希望

W

那个巨大的幽灵，丢失了自己的躯壳
它绕过伦敦的雾，向雨中的巴黎走去
然后在大西洋的彼岸徘徊
被阉割的人群向它呼唤着
它走了，历史也没有回过头来

X

时代迈着杂沓的脚步

梦游在支离的哲学上

那个为人们所幻想的世界

如今从另一个星系上向地球眨着眼

飞船从月球归来，银河是那样遥远

Y

风吹散了最后一缕粘着的烟

蒿草湮没了被火烧焦的战场

雨，泪水般地

在无辙迹的天空茫茫流过

我们没有忘记过去的光荣

Z

雾在晨风中飘漫，四季从没有撒谎

雪，纷纷扬扬的冬雪

在土地复苏的年头

当太阳掠过惨白的原野

只有大自然永恒地展示开疲倦的画面

　　1974 年夏——冬

　　选自《林莽诗选》，时代文艺出版社 2005 年 11 月版

太阳城札记

北岛

生命

太阳也上升了

爱情

恬静，雁群飞过
荒芜的处女地
老树倒下了，戛然一声
空中飘落着咸涩的雨

自由

飘
撕碎的纸屑

孩子

气球挽起摇篮
飞向高高的蓝天

姑娘

颤动的虹
采集飞鸟的花翎

青春

红波浪
浸透孤独的桨

艺术

亿万个辉煌的太阳
呈现在打碎的镜子上

人民

月亮被撕成闪光的麦粒
播在诚实的天空和土地

劳动

手，围拢地球

命运

孩子随意敲打着栏杆
栏杆随意敲打着夜晚

信仰

羊群溢出绿色的洼地
牧童吹起单调的短笛

和平

食品橱窗里旋转着
寂静的巧克力大炮

祖国

她被铸在青铜的盾牌上
靠着博物馆发黑的板墙

生活

网

1974 年

选自北岛自印诗集《陌生的海滩》,《今天》丛书之二, 1980 年 4 月

也许

蔡其矫

在生活的艰难道路上

我们有如太空中的两颗星

沿着各自的轨道运行

却也迎面相逢几回，无言握别几回。

没有人知道我们今后的命运如何

没有人知道我们是否会互相发现

时间的积雪，并不能冻坏

新生命的嫩芽

绿色的梦，在每一个生冷的地方

都唤起青春。

在我们脚下，也许藏有长流的泉水，

在我们心中，也许点亮不朽的灯，

丛树都未曾感到

众鸟也茫无所知。

在生活中，我永远和你隔离，

在灵魂里，我时时喊着你的名字。

1974 年

选自蔡其矫诗集《生活的歌》，人民文学出版社 1982 年 7 月版

玛格丽和我的旅行

多多

A

像对太阳答应过的那样
疯狂起来吧，玛格丽：

我将为你洗劫
一千个巴黎最阔气的首饰店
电汇给你十万个
加勒比海岸湿漉漉的吻
只要你烤一客英国点心
炸两片西班牙牛排
再到你爸爸书房里
为我偷一点点土耳其烟草
然后，我们，就躲开
吵吵嚷嚷的婚礼
一起，到黑海去
到夏威夷去，到伟大的尼斯去
和我，你这幽默的
不忠实的情人
一起，到海边去
到裸体的海边去

到属于诗人的咖啡色的海边去

在那里徘徊、接吻，留下

草帽、烟斗和随意的思考，

肯吗？你，我的玛格丽

和我一起，到一个热情的国度去

到一个可可树下的热带城市

一个停泊着金色商船的港湾

你会看到成群的猴子

站在遮阳伞下酗酒

坠着银耳环的水手

在夕光中眨动他们的长睫毛

你会被贪心的商人围住

得到他们的赞美

还会得到长满粉刺的橘子

呵，玛格丽，你没看那水中

正有无数黑女人

在像鳗鱼一样地游动呢！

跟我走吧

玛格丽，让我们

走向阿拉伯美妙的第一千零一夜

走向波斯湾色调斑斓的傍晚

粉红皮肤的异国老人

在用浓郁的葡萄酒饲饮孔雀

皮肤油亮的戏蛇人

在加尔各答蛇林吹奏木管

我们会寻找到印度的月亮宝石

会走进一座宫殿

一座金碧辉煌的宫殿

驮在象背上，神话般移动向前……

　　　　B

呵，高贵的玛格丽

无知的玛格丽

和我一起，到中国的乡下去

到和平的贫寒的乡下去

去看看那些

诚实的古老的人民

那些麻木的不幸的农民

农民，亲爱的

你知道农民吗

那些在太阳和命运照耀下

苦难的儿子们

在他们黑色的迷信的小屋里

慷慨地活过许多年

去那里看看吧

忧郁的玛格丽

诗人玛格丽

我愿你永远记得

那幅痛苦的画面

那块无辜的土地：

麻脸的妻子在祭设感恩节

为孩子洗澡，烤热烘烘的圣糕

默默地举行过乡下的仪式

就开始了劳动人民

悲惨的圣洁的晚餐……

1974 年

选自《诺言：多多集 1972～2012》，作家出版社 2013 年 10 月版

世界在大风大雨中出浴

黄翔

1

大风大雨前稀有的寂静

包裹着骚乱和威慑

世界匍匐着

在等待什么

低着头

听取一个信息

    2

听得见声音了

看得见影子了

一个黑点逐渐扩大

一团黑影越移越近

那是乌云酝酿的大风大雨

出现得那么缓慢

又来得那么突然

看它眨动的眼睛里

倏地飞出青色的闪电

披散的长发抖动着

化成莽莽的雨烟

它的手　扯起大风的旗号

它的脚　扬起漫天的飞沙

大风大雨蹲在悬岩上

痛苦地抽搐着身子

歪曲着脸

像一个阵痛中的产妇

突然它一张口　仰天狂笑

吐出翻翻滚滚的万顷洪波

灌满了山谷和湖泊

倒满了大河和小河

排空的浊浪里

我看见世界的大船起落

莽莽苍苍的大风大雨

遮天盖地的大风大雨

乱踩着瓦顶来了

扑打着路面来了

摇塌着堤岸来了

踏转着风车来了

它穿过暗绿的杉林

它席卷银白的沙滩

它拐入拱形的桥洞

它蹿上山顶和水塔

掀下站得最高的

抬起压得最低的

推倒根深蒂固的

平衡失去依靠的

它把弯曲的扶直

把直挺挺的压弯

啊大风大雨啊大风大雨

撞响长久哑默的大钟

打开泪水封闭的歌喉

吹熄忽明忽暗的神灯

解开蒙住眼睛的绷带

擂动重重深锁的铁门

踢飞隔离心灵的栅栏

一切有形的无形了

一切无形的有形了

一切都看不见了

一切都看得见了

啊大风大雨啊大风大雨

以一千万吨的疯狂

混合着爆炸似的雷电的力量

掰碎　劈毁　捶击　砸烂

那些身外的殿堂

那些心内的神龛

把新式的神像摔下高台

把现代的皇权推出世界

它像一头受伤的野兽

撞破欺诈和蒙蔽编织的罗网

它像一头震怒的狮子

猛击大地久久沉寂的心弦

摇撼支撑世界根基的大柱

它颠倒天空和大地的位置

重新安排万千星座

让冥冥的大海浮升

让巍巍的高山沉落

——这是大自然对自身的反抗

这是宇宙叛逆和摧毁自身的谐和

这是一种被解放了的力量

这是一种无法控制的自由

这是一种怀疑的拒绝

这是一种无疑的否定

撕裂的天体像巨大的喉管

迸出震耳欲聋的喊叫

开拓

发现

探索

创造

大风大雨顶天立地

呼呼蹬转着地球

每挪动一步

都是一个起点

都是一个结束

3

风停了

雨止了

雷喑了

霓灭了

像日出一般新鲜和壮丽

世界在大风大雨中出浴

1973 年~1974 年，完成于内心的暴风雨中

选自谯达摩、温皓然主编《世界文坛》，经济日报出版社 2010 年 5 月版

我额头青枝绿叶……

灰娃

我额头青枝绿叶

　　谁给戴的

谁的手给我套上

　　这身麻缕长袍

听这音乐缓缓滚涌

　　如海洋像大气波动

忧郁的萨克斯风

　　不要把我的痛楚悲伤吹走

清风扬起琴声里

　　我俯瞰下界血色背景

一排排刑具依然挂在墙上
　　看看我这伤痕密麻的心吧

满足过你们的窃喜愚昧
　　年复一年我生命屈辱无望
装饰了你们的心思，成为
　　你们鸿运醒目的标题

然后发迹，陶醉
　　你们的心机关扣着机关
齿轮咬住齿轮
　　但这会儿

清风把这音乐扬起
　　琴弦悠长萨克斯呜咽
烛火摇曳青枝绿叶轻颤
　　朴素高贵的葬礼

我再不担心与你们
　　遭遇陷身那
无法捉摸猜也猜不透的战阵
　　我算是解脱了

再不能折磨我
　　令你们得到些许欢乐
我虽然带着往日的创痛

可现在你们还怎么启动

你们反逻辑的锯齿
　倒刮我的神经还怎么再
捅一块烧红的铁往我心里
　这一切行将结束

终于我望见远处一抹光
　拂去我额上的冰凌
我被这音乐光亮救起
　彻底剥夺了你们的快意

1974 年

选自灰娃诗集《山鬼故家》，人民文学出版社 1997 年 7 月版

冬

江河

在爱情绵绵的路上
我们尝够了苦涩的雨
把你的头靠在我胸前
我要捧起你的头发像一堆篝火

像一堆篝火
每夜都在荒原上燃烧

或是给我雪花似的吻

冰冷又新鲜

要是我的心冻僵了

就让厚厚的积雪把我覆盖

千万不要伤心，想着春天

想着春天，我就会醒来

1974 年

选自《今天文学研究会·内部交流资料之三》，1980 年 12 月

歌

江河

你把我的心带走了

又狠狠地摔在沙滩

海水夺去闪着光的贝壳

血管里鼓噪着咸涩的波涛

你蔚蓝的眼睛里

浮过早霞，浮过黄昏

棕色的皮肤

弥漫着海风的味道

我知道你要我出海

为你采摘火红的珊瑚树

任浪头敲碎我的船帆

镰刀似的月亮割破我的渔网

把你的嘴唇做我灵魂的船

我将出海，不再回来

那古老的情歌震颤着缆绳

我就出海，永不再回来

1974 年

选自《今天文学研究会·内部交流资料之三》，1980 年 12 月

比我们的生命更高贵

鲁双芹

我们曾经生得

比我们的命运更高贵

没有人记得我们徒劳的生存，死亡

和斗争。

没有人在墓碑上写下我们的名字。

风呜咽着，善良的乌鸦在空中盘旋。

只有我一人，留在荒凉的土地上。

它们在呼唤着我，

要我越过痛苦的深渊

假如我交出自己的灵魂

这一文不值的碎片
我能在墓地里，得到安息，
上帝，不愿做这个交易，

我什么都愿，
只要你把我拿去。

1974 年

选自《诗歌月刊·下半月》2006 年第 4 期

十月的献诗

芒克

庄稼

秋天悄悄地来到我的脸上
我成熟了

劳动

我将和所有的马车一道
把太阳拉进麦田……

果实

多么可爱的孩子

多么可爱的目光

太阳像那树上的苹果

它下面是无数孩子奇妙的幻想

秋天的树林

没有你的目光

没有你的声音

地上落着红色的头巾

遭遇

那是个像云片般飘动着的

女人的身影

小路

那在不停摇摆的白杨

那个背靠着白杨的姑娘

那条使姑娘失望的弯弯曲曲的路上……

凤

我很想和你说
让我们并排走吧

云

我爱你
当你穿上那件白色的睡衣

河流

疲劳的人儿
你可愿意让我握住那只苍白的小手

妻子

我将把所有的日子
都给你带去

土地

我全部的情感
都被太阳晒过

垦荒者

我是河流

我是奶浆

我要灌溉

我要哺养

我是铁犁

我是镰刀

我要耕种

我要收割

日落

太阳朝着没有人的地方走去了……

孤独

小路，小路

我和你淹没在雾的深处

重逢

繁重的劳动

沉重的生活

浮冰

好一块白色的甲板
你可记得
在那里埋葬的往事和沉船

童年

那是一条我曾迷失过的道路

幸福

也许是
我生下来就是为了爱你

命运

最了解你的
就是你自己

自然

她是美丽的
她是大家的

遥望

过去的一切
可都是真的

夕阳

你想落在哪里
就请落在哪里吧

桅杆

只是挥手告别了落日
那只红肿的眼睛

歌

对将来的抒情
仅仅是为了以往的罪过

孩子

那向我走来的黑夜对我说
你是我的

露宿

面对面地坐着
面对面地沉默
遍地是窝棚和火堆
遍地是散发着泥土味的男人的双腿

酒

那是座寂寞的小坟

田野

在她那孤零零的坟墓上写着：
我没有给你留下别的
我也没有给你留下我

生活

那早已为你准备好了痛苦与欢乐

路灯

整齐的光明
整齐的黑暗

回忆

你呀
这红红绿绿的夜
又不知该怎样地把我折磨

感情

猛地惊醒
便又爱上了寂寞

青春

在这里
在有着繁殖和生息的地方
我便被抛弃了

岁月

生活向我走来了
从此她就再没有离开过我

诗人

带上自己的心

黎明

但愿我和你怀着同样的心情
去把道路上的黑暗清除干净

白洋淀

别忘了
欢乐的时候
让所有的渔船也在一起碰杯

船

到那个时候
我将和风暴一块回来

爱情

即使你离我很远很远
我也一定会记着
是我的
你全都赋予了我

选择

最好

在一个荒芜的地方安顿

我的生活

那时

我将欢迎所有的庄稼来到

我的田野

遗嘱

不论我是怎样的姓名

希望

把她留在这块亲爱的土地上

1974 年

选自《芒克的诗》，人民文学出版社 2009 年 5 月版

秋祭杜甫

杨牧

我并不警觉，唯树林外

隐隐满地是江湖，呜呼杜公

当剑南邛南罢兵窥伺

公至夔州，居有顷

迁赤甲，滚西，东屯

还滚西，归夔。这是如何如何

飘荡的生涯。一千二百年以前……

观公孙大娘弟子舞剑器

放船出峡，下荆楚

呜呼杜公，竟以寓卒

如今我废然望江湖，唯树林外

稍知秋已深，雨云聚散

想公之车迹船痕，一千二百年

以前的江陵，公安，岳州，汉阳

秋归不果，避乱耒阳

寻灵均之旧乡，呜呼杜公

诗人合当老死于斯，暴卒于斯

我如今仍以牛肉白酒置西向的

窗口，并朗诵一首新诗

呜呼杜公　哀哉尚飨

1974 年

选自刘登翰编选《台湾现代诗选》，春风文艺出版社 1987 年 8 月版

1975年

悼一九七四年

林莽

簌簌的雪花飘落在祖国的土地上
又是白皑皑的一年

冷落送别的宴会，举起晶莹的高脚杯
让混乱的思维在酒后的沉醉中清醒
眨着水汪汪的泪眼
人们睡眼惺忪，沉思着过往的一年

正是你说的那个时辰
正是这个被青年人所理解的时代
烈士死去年长久远
孩子，根本没有见过揩拭父母鲜血的绷带
父辈们也在忧伤中掩住了抽搐的脸

繁霜染白了祖国的发际
衰老的思维吹响呜咽的号角
重新召集起长长的历史行列
给"奇数"的天才们戴上光荣的勋章
别了，一九七四，连同没有实现的计划
别了，你这个重新编写历史的年代

没有离别的萧鼓

没有送葬的哀歌

吻别的芳唇早已散尽了最后的余温

只有零乱的思想

如一条条龇牙咧嘴的恶狗

拦住了风尘仆仆的道路

几个青年人把心灵交给了一个不可靠的陌生人

迈开自我的脚步

让思维在懒洋洋的目光下思索

从松弛的口轮匝肌上

你咀嚼到了什么

城市冒着浓烟，乡村也在燃烧

一群瘦弱的孩子

摇着细长的手臂说

我们什么也没有，我们什么也不要

在那些沉重的夜晚

我觉得一切都丧失了生趣

连憎恨也软弱无力

历史像一块僵硬的表情肌

只给嘴角引来惨淡的一笑

奴隶从斗兽场抬出过自己血肉模糊的身躯

黑色的泪水，痛苦将力不能支

人民将苦难写在心灵的创伤里

猫竖起了旗杆一样的尾巴

鱼确实死在了滚热的海里

封闭的世界

重复着众所周知的语言

唱着高音，像别人一样，从 C 调开始

伸出一只探索的鼻子

方向一致

做一只透明的鸟儿，漫游无极的世界

在混乱的人行道上，碰翻习惯的警察

台灯的光环下，幻想着另一个星系

黑色的墨水倒在白色的桌布上，变幻着新奇的图案

心像陀螺一样旋转

更多的时间是在孩子们可怜的玩具盒里

一个女人，哄吓着一群瘦弱的孩子

天气这样炎热，喝一点仅有的汗水吧

世界不仅有成百个家庭

给心多系上几只铁锚，风还没有刮起

最好把身子变得羽毛一样轻

时辰到了，炉火还没有止熄

让雪花飘落在你的荆冠上

收住凄艳的歌声

走了，没有马车，也没有仆从

翻过三百六十五页数字

只有这最后的时刻，你庄严而肃穆

1975 年元旦

选自《林莽诗选》，时代文艺出版社 2005 年 11 月版

珠贝——大海的眼泪

舒婷

在我微颤的手心里放下一粒珠贝，

仿佛大海滴下的鹅黄色的眼泪……

当波涛含恨离去，

在大地雪白的胸前哽咽，

它是英雄眼里灼烫的泪，

也和英雄一样忠实，

嫉妒的阳光

　　终不能把它化作一滴清水；

当海浪欢呼而来，

大地张开手臂把爱人迎接，

它是少女怀中的金枝玉叶，

也和少女的心一样多情，

残忍的岁月

　　终不能叫它的花瓣枯萎。

它是无数拥抱，

　　无数泣别，

无数悲喜中，

　　被抛弃的最崇高的诗节；

它是无数雾晨，

　　无数雨夜，

无数年代里

　　被遗忘的最和谐的音乐。

撒出去——

　　失败者的心头血，

矗起来——

　　胜利者的纪念碑。

它目睹了血腥的光荣，

它记载了伟大的罪孽。

它是这样伟大，

它的花纹，它的色彩，

包罗了广渺的宇宙，

概括了浩瀚的世界；

它是这样渺小，如我的诗行一样素洁，

风凄厉地鞭打我，

终不能把它从我的手心夺回。

仿佛大海滴下的鹅黄色的眼泪，

在我微颤的手心里放下了一粒珠贝……

1975 年 1 月 10 日

选自舒婷诗集《双桅船》，上海文艺出版社 1982 年 2 月版

烟囱

向明

没有声音

冒火的喉咙

没有声音

污染了的喉咙

没有声音

僵直了的喉咙

也许下面在酝酿着什么吧

总之

正正经经地

呼吸了这么久

就是

没有声音

1975 年 1 月 20 日

选自马悦然、奚密、向阳主编《二十世纪台湾诗选》，麦田出版 2005 年 8

月版

会哨

程步涛

午夜，我们巡行到狼牙礁，
四周：发颠的大海，狂啸的波涛，
星月不知隐去何方，
乌云压住一海风潮。

当潮水漫过第一块礁石，
浪尖上飞过几声鸟叫；
莫不是那斗天搏浪的海燕，
正迎战千里狂涛？

只有战士心中明白：
这是和民兵会哨的信号，
拍三下枪托，掷一粒石子，
一双双大手握得牢牢。

蹲下来汇集一下巡逻情况，
谈草，谈树，谈每朵浪花，每块礁；
转身看一眼祖国万家灯火。
抬头凝注那浪中闪烁的灯标……

午夜，军民分手在狼牙礁，

风在助威，浪在呼啸；

串串足迹多像一条闪光的银链，

将整个祖国紧紧环绕。

选自《解放军文艺》1975 年第 1 期

画幅新画寄北京

白西麒

支起三脚架，

打开颜料匣，

班后写生停放场，

不知该画啥？

是画：停放场上阳光洒，

红旗哗哗舞彩霞；

还是画：你追我赶装车忙，

满脸热汗不顾擦！

是画：巍巍天车伸巨臂，

铁牛列阵待出发，

还是画：火车来往如穿梭，

满载着工农情谊奔天涯！

停放场处处皆美景，

诗情画意涌笔下，

画幅新画寄北京，

献给毛主席他老人家：

为实现农业机械化，

咱豪情满怀劲头大！

　　　　选自洛阳东方红拖拉机厂工人文艺创作组编《我为祖国造铁牛》，人民文学

出版社 1975 年 1 月版

有一次我要一只鸟唱歌

非马

它说我唱

不出来也不想唱

这不是春天

我捏着它的脖子

说

唱呀唱呀

不唱歌算什么鸟

它挣扎着

但终于没唱成

我现在想

其实鸟没错

又不是诗人

哪能一年到头

说唱就唱

但那时我只一心

要它唱歌

竟没注意到

春天就在我手里

微颤着

断气

1975 年 2 月

选自《台湾诗选（二）》，人民文学出版社 1982 年 7 月版

木麻黄

吴晟

日头仍然辉煌地照耀

在同伴越来越稀少的马路上

而我们望见

吾乡人们的脚步

不再踊跃

晚霞仍然殷勤地送别

在同伴越来越稀少的马路上

而我们望见

城市的工厂、工厂的烟囱、烟囱的煤灰

随着一阵一阵吹来的风

弥漫吾乡人们的脸上

月光仍然温柔地抚照

在同伴越来越稀少的马路上

而我们望见

呼啸而来呼啸而去

匆匆忙忙的机车

并不在意

以粗糙的皮为衣

以干硬的果为实

笨拙地直立马路两旁

我们是越来越瘦

越来越稀少的木麻黄

1975 年 2 月《幼狮文艺》254 期

选自《吴晟诗选》，中国友谊出版公司 1986 年 1 月版

暖暖矿区的夕暮

叶维廉

脉搏松弛下来的时候

初月将要从我们头上的山腰出来了

朋友

你不必担心这盏豆小的灯被吹灭

因为隧道里所有的弯角

弯角上每一块突出的锋利的岩块

都已镌刻在我们厚厚的脚茧上

我来引领你

从泛着水气的黑暗的底层

攀上一个狭长的出口

再踏入另一个巨大的黑暗里

你说什么？曙色？

让我教你如何用嗅觉

去迎接那短暂的

长年发霉的滴雨的曙色

曙色？仿佛……仿佛

都是记忆里的碎片了！

我不懂你说什么翠堤……

除非……除非翠是黑的一种变体

曙色？春天？是多么的遥远啊！

朋友，趁微雨中的一线月光

看，擦着双肩划过的矮矮的屋檐

看，随着脉搏的滴答

倚在深沉的门框耐心等待的妻子和儿女

什么？你说她们

她们是什么宏大辉煌的字眼？

像什么休止符倚在琴键上？

这我不懂，我只知道

悠长的黑色的涌复的气流里

在无法计算无从抗拒的

爆炸、塌陷、埋葬的夹缝之间

她们是我唯一的一点梦的材料

她们默默的等待

是我们全部的历史和诗

如果诗，如你所说的，真是什么伟大崇高的话！

客人来了，阿春，上菜！

来来，试试我们自家腌制的干鱼和菜脯！

　　暖暖位于基隆之南，由台北北上至八堵转右第一站便是暖暖，为一多雨的矿区。

1975 年 2 月

选自流沙河编著《台湾诗人十二家》，重庆出版社 1983 年 8 月版

阵地火旺

郑文科

风像一堵墙，

雪似道道岗，

能封住几家门窗，

能扑灭多少灯光？

车间业余学习组呵，

热气腾腾，灯火辉煌；

党支书——学习小组长，

喜迎"雪人"个个，"冰脚"双双。

门外，风雪飞扬，

屋内，炉火正旺！

那页页真理的篇章，

为咱磨刃，给咱加钢！

小青年说："批判，必须学习！"

老师傅讲："战斗，就要武装！"

不怕理论山再高，

党指方向，踏雪迎风：上！上！上！

风像一堵墙，

雪似道道岗，

封不住工人理论队伍前进的脚步，

扑不灭工厂里战斗红灯闪闪亮！

　　选自《春花烂漫——歌颂社会主义新生事物诗选》，黑龙江人民出版社 1975 年 5 月版。原书作者名前标：哈尔滨伟建机器厂。

苍蝇[1]
穆旦

苍蝇呵，小小的苍蝇，

在阳光下飞来飞去，

谁知道一日三餐

你是怎样的寻觅?

谁知道你在哪儿

躲避昨夜的风雨?

世界是永远新鲜，

你永远这么好奇，

生活着，快乐地飞翔，

半饥半饱，活跃无比，

东闻一闻，西看一看，

也不管人们的厌腻，

---

　　[1]此诗大约写于 1975 年 5 月或 6 月，系诗人在 1975 年 6 月 25 日信中抄寄给诗友杜运燮的。信中写有："《苍蝇》是戏作……我忽然在一个上午看到苍蝇飞，便写出这篇来。"

我们掩鼻的地方

对你有香甜的蜜。

自居为平等的生命，

你也来歌唱夏季；

是一种幻觉，理想，

把你吸引到这里，

飞进门，又爬进窗，

来承受猛烈的拍击。

1975 年

选自《穆旦诗全集》，中国文学出版社 1996 年 9 月版

致——

舒婷

你是郁森森的原林

我是活泼泼的火苗

鲜丽的阳光漏不过密叶

你植根的土地

　　从未有过真正的破晓

而今天，我却来重蹈

你被时间的落叶

　　所掩藏的小道

如果它一直通往你的心中

那么我的光亮

就是一拱美丽的虹桥

逃遁吧，觊觎的阴影
让绿苍苍的生命
　　重新波动在你的枝条
碎裂吧，固执的雾壁
从你的面幕之后
　　抖露大梦初醒的欢笑

我是火
我举起我的旗子
引来春天的风
叫醒热烈响应的每一株草
如果我熄灭了
血色的花便代替我
升上你高高、高高的树梢

　　　　1975 年 7 月 6 日
　　　选自《舒婷的诗》，人民文学出版社 1994 年 11 月版

家

章德益

山作柱，风作墙，
天作顶，云作瓦，

呵，我们这一代的家——
这么大！

呵，没有这么大的家，
怎能把我们这一代容纳：
我们胸怀凌云志，
要把云雾沙石管辖。

没有八千顷戈壁作纸，
怎能把我们的远景描画；
没有十万丈高空，
怎能把我们的粮仓盛下。

没有八千里风头沙尾，
怎能把我们新一代锤打；
没有十万叠沙丘作桌，
怎能把我们金色的理想描画！

呵，拉开云的帷幕雾的纱，
让日月星辰，看看我们的家——
南泥湾的青松紧靠塔里木的白杨；
延河的浪花在条条大渠喧哗。

呵，拉开云的帷幕雾的纱，
让日月星辰，看看我们的家——
窗悬北京红云，

墙围四海浪花。

我们的家，

威镇戈壁风沙，

看我们浩浩荡荡的队伍，

正在"屯垦戍边"的大道上阔步进发！

　　　选自《洪流集》编创组《洪流集——工农兵诗选》，人民文学出版社 1975
年 7 月版。原书作者名前标：新疆生产建设部队。

小褐斑

余光中

如果有两个情人一样美一样的可怜

让我选有雀斑的一个

迷人全在那么一点点

你便是我的初选和末选，小褐斑

为了无端端那斑斑点点

蜷在耳背后，偎在唇角或眉尖

为妩媚添上神秘。传说

天上有一颗星管你脸上那汗斑

信不信由你，只求你

不要笑，笑得不要太厉害

靥里看你看得人眼花

凡美妙的，听我说，都该有印痕

月光一满轮也不例外
不要，啊不要笑得太厉害
我的心不是耳环，我的心
经不起你的笑声
荡过去又荡过来……

1975 年 8 月 2 日

选自流沙河编著《台湾诗人十二家》，重庆出版社 1983 年 8 月版

呵，母亲

舒婷

你苍白的指尖理着我的双鬓
我禁不住像儿时一样
　　紧紧拉住你的衣襟
呵，母亲，
为了留住你渐渐隐去的身影，
虽然晨曦已把梦剪成烟缕，
我还是久久不敢睁开眼睛。

我依旧珍藏着那鲜红的围巾，
生怕浣洗会使它
　　失去你特有的温馨。
呵，母亲，
岁月的流水不也同样无情？

生怕记忆也一样褪色呵，

我怎敢轻易打开它的画屏？

为了一根刺我曾向你哭喊，

如今带着荆冠，我不敢，

    一声也不敢呻吟。

呵，母亲，

我常悲哀地仰望你的照片，

纵然呼唤能够穿透黄土，

我怎敢惊动你的安眠？

我还不敢这样陈列爱的礼品，

虽然我写了许多支歌

    给花、给海、给黎明。

呵，母亲，

我的甜柔深谧的怀念，

不是激流，不是瀑布，

是花木掩映中唱不出歌声的古井。

1975 年 8 月

选自舒婷诗集《双桅船》，上海文艺出版社 1982 年 2 月版

团泊洼的秋天

郭小川

秋风像一把柔韧的梳子，梳理着静静的团泊洼；

秋光如同发亮的汗珠，飘飘扬扬地在平滩上挥洒。

高粱好似一队队的"红领巾"，悄悄地把周围的道路观察；
向日葵摇头微笑着，望不尽太阳起处的红色天涯。

矮小而年高的垂柳，用苍绿的叶子抚摸着快熟的庄稼；
密集的芦苇，细心地护卫着脚下偷偷开放的野花。

蝉声消退了，多嘴的麻雀已不在房顶上吱喳；
蛙声停息了，野性的独流减河也不再喧哗。

大雁即将南去，水上默默浮动着白净的野鸭；
秋凉刚刚在这里落脚，暑热还藏在好客的人家。

秋天的团泊洼啊，好像在香甜的梦中睡傻；
团泊洼的秋天啊，犹如少女一般羞羞答答。

团泊洼，团泊洼，你真是这样静静的吗？
全世界都在喧腾，哪里没有雷霆怒吼，风云变化！

是的，团泊洼的呼喊之声，也和别处一样洪大；
听听人们的胸口吧，其中也和闹市一样嘈杂。

这里没有第三次世界大战，但人人都在枪炮齐发；
谁的心灵深处——没有奔腾咆哮的千军万马！

这里没有刀光剑影的火阵，但日夜都在攻打厮杀；
谁的大小动脉里——没有炽热的鲜血流响哗哗！

这里的《共产党宣言》，并没有掩盖在尘埃之下；
毛主席的伟大号召，在这里照样有最真挚的回答。

无产阶级专政的理论，在战士的心头放射光华；
反对修正主义的浪潮，正惊退了贼头贼脑的鱼虾。

解放军兵营门口的跑道上，随时都有马蹄踏踏；
五七干校的校舍里，荧光屏上不时出现《创业》和《海霞》。

在明朗的阳光下，随时都有对修正主义的口诛笔伐；
在一排排红房之间，常常听见同志式温存的夜话。

……至于战士的深情，你小小的团泊洼怎能包容得下！
不能用声音，只能用没有声音的"声音"加以表达：

战士自有战士的性格：不怕污蔑，不怕恫吓；
一切无情的打击，只会使人腰杆挺直，青春焕发。

战士自有战士的抱负：永远改造，从零出发；
一切可耻的衰退，只能使人视若仇敌，踏成泥沙。

战士自有战士的胆识：不信流言，不受欺诈；
一切无稽的罪名，只会使人神志清醒，头脑发达。

战士自有战士的爱情：忠贞不渝，新美如画；

一切额外的贪欲，只能使人感到厌烦，感到肉麻。

战士的歌声，可以休止一时，却永远不会沙哑；

战士的明眼，可以关闭一时，却永远不会昏瞎。

请听听吧，这就是战士一句句从心中掏出的话。

团泊洼，团泊洼，你真是那样静静的吗？

是的，团泊洼是静静的，但那里时刻都会轰轰爆炸！

不，团泊洼是喧腾的，这首诗篇里就充满着嘈杂。

不管怎样，且把这矛盾重重的诗篇埋在坝下，

它也许不合你秋天的季节，但到明春准会生根发芽。……

　　　1975 年 9 月于团泊洼干校

　　　初稿的初稿，还需要做多次多次的修改，属于《参考消息》一类，万勿

外传。

　　　选自《郭小川诗选》，人民文学出版社 1977 年 12 月版①

---

　　　①原编者注：团泊洼是中央文化部原五七干校所在地。作者受"四人帮"迫害，在干校被隔离审查期间，听到了毛主席关于电影《创业》的批示，心情无比激动，写下了这首诗。

观音记

罗青

那天早上，我去看观音山
相互以清凉风和呼吸道过寒暄之后
就面对面地双双坐下
中间？隔着一片静静的淡水

没弄清我的来意
便说了一些山泉如何曲折
山石怎样捣乱的事情
接着，顺流而下
以淡水为话题
淡淡地，把三两片白帆
谈成四五朵流云
聊成七八只白鸽
吟成一两句小令

诗成后
看我仍不说话
才开始有点不好意思起来
在晚霞的羞红里
慢慢伸出那宽厚的掌影——拂过水面
轻拂我粗糙的双肩

以一种你知道我知道的情怀

使人不再感觉自己是一个——

被冲刷入河的空心罐头

没有寒暄

那夜，观音山凌波而来

来看我是否泛成了一条不系之舟

然后各自悄悄离去，留下静静的淡水一片

1975 年 9 月

选自刘登翰编选《台湾现代诗选》，春风文艺出版社 1987 年 8 月版

草原的早晨

时永福

一团火冒出地平线，

烧红了大草原。

红透了云，红透了山，

红透了整个天。

白银湖镶上金边，

蒙古包戴上花冠。

草滩上归来的枣骝马，

活像烧红的炭。

冰洞烧化了，
饮马的水花四溅，
草原沸腾了，
战斗的热浪滚翻。

那挥动牧鞭的小伙，
是旗革委会的委员。
昨晚，他领着牧民击退暴雨，
赶着马群高歌凯旋。

那湖边饮马的姑娘，
是牧点的理论骨干。
今早，刚在党旗下举拳宣誓，
又把歌声洒满湖面。

巡逻归来的边防站长，
是一位蒙古族青年。
此刻，他真想伸开双臂，
拥抱温暖的草原。

边疆的早晨呵阳光洒遍，
"文化大革命"使它倍加灿烂。
草原的新一代茁壮成长，
革命的朝气把大地洒满。

正因为经过暴风雨洗刷，

草原的百花才如此鲜艳。

经过战斗考验的青年呵，

多像地平线上冒出的一团火焰！

选自时永福诗集《塞上歌》，天津人民出版社 1975 年 11 月版

秋歌

郭小川

不止一次了，清爽的秋风把我从昏睡中吹醒；

不止一次了，节日的礼花点燃起我心中的火种。

今年的秋风似乎格外锐利，有如刀锋；

今年的礼花似乎格外明亮，胜过群星。

我曾有过迷乱的时刻，于今一想，顿感阵阵心痛；

我曾有过灰心的日子，于今一想，顿感愧悔无穷。

是战士，决不能放下武器，哪怕是一分钟；

要革命，决不能止步不前，哪怕面对刀丛。

见鬼去吧，三分杂念，半斤气馁，一己声名；

滚它的吧，市侩哲学，庸人习气，懦夫行径。

面对大好形势，一片光明，而不放声歌颂；

这样的人，哪怕有一万个，也少于零。

眼见"修正"谬种，鬼蜮横行，而不奋力抗争；
这样的人，即使有五千个，也尽饭桶。

磨快刀刃吧，要向修正主义的营垒勇敢冲锋；
跟上工农兵的队伍吧，用金笔剥开暗藏敌人的花色皮层。

清清喉咙吧，重新唱出新鲜有力的战斗歌声；
喝杯生活的美酒吧，再度激起久久隐伏的革命豪情。

人民的乳汁把我喂大，党的双手把我育成；
不是让我虚度年华，而是要我参加伟大的斗争。

同志给我以温暖，亲人给我以爱情，
不是让我享受清福，而是要我坚持继续革命。

战士的一生，只能是战斗的一生；
战士的作风，只能是革命的作风。

我知道，总有一天，我会衰老，老态龙钟；
但愿我的心，还像入伍时候那样年青。

我知道，总有一天，我会化烟，烟气腾空；
但愿它像硝烟，火药味很浓，很浓。

听，冰雪辽河，风雨长江，日夜激荡有声；

听，南方竹阵，北国松涛，还在呼号不停。

看，运粮车队，拖拉机群，一直轰轰跃动；

看，无数战马，百万雄兵，永远向前奔行。

清爽的秋风呵，已经把我的身躯吹得飞上晴空；

节日的礼花呵，已经把我的心胸烧得大火熊熊。

个人是渺小的，但我感到力大无穷；

因为帮我带我的，是雄强勇健的亿万群众。

我是愚笨的，但现在似乎已百倍聪明；

因为领我教我的，是英明伟大的领袖毛泽东。

选自《郭小川诗选》，人民文学出版社 1977 年 12 月版①

赠

舒婷

我为你扼腕可惜

在那些月光流荡的舷边

在那些细雨霏霏的路上

---

①《郭小川诗选》原编者注："此诗未注明写作时间，从诗中的描写来看，大约写于一九七五年十月初。"本书据此编入 1975 年 10 月。

你拱着肩，袖着手

怕冷似的

深藏着你的思想

你没有觉察到

我在你身边的步子

放得多么慢

如果你是火

我愿是炭

想这样安慰你

然而我不敢

我为你举手加额

为你窗扉上闪熠的午夜灯光

为你在书柜前弯身的形象

当你向我袒露你的觉醒

说春洪重又漫过了

你的河岸

你没有问问

走过你的窗下时

每夜我怎么想

如果你是树

我就是土壤

想这样提醒你

然而我不敢

1975 年 11 月

选自《舒婷的诗》，人民文学出版社 1994 年 11 月版

彗星

哑默

你以炽烈的瞬息划破无垠

在记忆的黑幕上

留下一道发光的轨迹

1975 年 12 月

选自哑默诗文集《墙里化石》，中国致公出版社 1999 年 6 月版

妈妈

愛虹

当我认识你，我十岁

你三十五。你是团团脸的妈妈

你的爱是满满的一盆洗澡水

暖暖的，几乎把我浮起来

但是有一度

你把慈爱

关了，又旋紧

也许你想，孩子长大了，不必再爱

也许，根本没有灾难

也许妈妈无心的差错

是我的最大灾难

等我把病病好

我三十五

你刚好六十

又看到你，团团脸的妈妈

好像一世，只是两照面

你在一端给

我在一端取

这回你是泉流，我是池塘

你是落泪的泉流

我是幽静的池塘

1975 年 12 月

选自张默等编《中国现代文学大系（1970 – 1989）·诗卷一》，九歌出版社
1989 年 5 月版

希望

雁翼

希望是啥？不是果，不是花。

希望在哪？不在春，不在夏。

希望在最寒冷的冬天，

希望在雪层冰块之下。

昨秋留下的种子，

在泥土里沉默着，悄悄萌芽，

因此，我赞美寒冷的冻土，

是它，滋养着绿叶红花……

1975 年 12 月于聊城

选自雁翼诗集《白杨树风情》，人民文学出版社 1981 年 11 月版

结局或开始

北岛

我，站在这里

代替另一个被杀害的人

为了每当太阳升起

让沉重的影子像道路

穿过整个国土

悲哀的雾

覆盖着补丁般错落的屋顶

在房子与房子之间

烟囱喷吐着灰烬般的人群

温暖从明亮的树梢吹散

逗留在贫困的烟头上

一只只疲倦的手中

升起低沉的乌云

以太阳的名义

黑暗在公开地掠夺

沉默依然是东方的故事

人民在褪色的壁画上

默默地永生

默默地死去

呵，我的土地

你为什么不再歌唱

难道连黄河纤夫的绳索

也像绷断的琴弦

不再发出鸣响

难道时间这面晦暗的镜子

也永远背对着你

只留下星星和浮云

我寻找着你

在一次次梦中

一个个多雾的夜里或早晨

我寻找春天和苹果树

蜜蜂牵动的一缕缕微风

我寻找海岸的潮汐

浪峰上的阳光变成的鸥群

我寻找砌在墙里的传说

你和我被遗忘的姓名

如果鲜血会使你肥沃
明天的枝头上
成熟的果实
会留下我的颜色

必须承认
在死亡白色的寒光中
我，战栗了
谁愿意做陨石
或受难者冰冷的塑像
看着不熄的青春之火
在别人的手中传递
即使鸽子落到肩上
也感不到体温和呼吸
它们梳理一番羽毛
又匆匆飞去

我是人
我需要爱
我渴望在情人的眼睛里
度过每个宁静的黄昏
在摇篮轻轻的晃动中
等待着儿子第一声呼唤
在草地和落叶上
在每一道真挚的目光上

我写下生活的诗

这普普通通的愿望

如今成了做人的全部代价

一生中

我曾多次撒谎

却始终诚实地遵守着

一个儿时的诺言

因此，那与孩子的心

不能相容的世界

再也没有饶恕过我

我，站在这里

代替另一个被杀害的人

没有别的选择

在我倒下的地方

将会有另一个人站起

我的肩上是风

风上是闪烁的星群

也许有一天

太阳变成了萎缩的花环

垂放在

每一个不屈的战士

森林般生长的墓碑前

乌鸦，这夜的碎片

纷纷扬扬

1975 年

选自《今天》第 9 期，1980 年 6 月

祈求

蔡其矫

我祈求炎夏有风，冬日少雨；

我祈求花开有红有紫；

我祈求爱情不受讥笑，

跌倒有人扶持；

我祈求同情心——

当人悲伤

至少给予安慰

而不是冷眼竖眉；

我祈求知识有如泉源，

每一天都涌流不息，

而不是这也禁止，那也禁止；

我祈求歌声发自各人胸中

没有谁要制造模式

为所有的音调规定高低；

我祈求

总有一天，再没有人

像我作这样的祈求

1975 年

选自蔡其矫诗集《生活的歌》，人民文学出版社 1982 年 7 月版

生命

曾卓

灰暗不是她的色彩
铁链锁不住她的翅膀

在黑暗中发光
在痛苦中歌唱
在烈焰中飞翔

她的孪生姐妹是
斗争和希望

1975 年

选自曾卓诗集《悬崖边的树》，四川人民出版社 1981 年 9 月版

我有两支歌

曾卓

我有两支歌。
一支歌在我口中，
一支歌在我心中。

我口中的歌
就是我心中的歌。
我的口中有时停止歌唱，
我心中的歌声永远嘹亮……

1975 年

选自曾卓诗集《悬崖边的树》，四川人民出版社 1981 年 9 月版

谣曲

方含

我从天空慢慢地下降
梦轻盈地落在我的心上

姑娘，如果你去山里
请找到我的马儿
它是被光偷去的

我的影子

你紧紧系住它

用小溪的绿丝带

然后骑上它

像一阵风

跑回

这夜的暗绿的城市

　　我的一滴滴红色的眼泪

　　洒在秋天憔悴的脸上

姑娘，如果你去海边

请找到我的船儿

它是被风带走的

我的声音

你高高挂起帆

用天的蓝绸子

然后驾着它

像一片云

飘回

这夜的黑红的海岛

　　我的马尾松瘦长的影子

　　斜斜地躺在沙滩上

让我的影子驮着你

飞快地跑

翻过大山的驼背

钻进森林浓密的胡须里

在野花的窝里玩捉迷藏

从衰老的大松树上

捡起一个

压得弯弯的月亮

　　我的心灵火红的果子

　　被夏天遗忘在生命的树上

让我的声音抛下锚

停泊在你的门前

我的眼睛在水里歌唱

是散落在海里的星星

我的嘴唇

是风，是浪花

轻轻地吻着

你的手臂和肩膀

　　我从天空慢慢地下降

　　梦轻盈地落在我的心上

　　选自《今天》第 6 期，1979 年 12 月①

_____

　　①据郝海彦主编《中国知青诗抄》（中国文学出版社 1998 年 2 月版）等资料，该诗写作时间为 1975 年，本书由之编入 1975 年。

2：2·20：20

（未完成的随想曲）

罗门

2

人穿衣服
衣服口袋里放着一张护照

鸟穿天空
天空口袋里什么也不放

3

一盆一盆剪齐了的盆景
　　从理发店里好看出来
飘飘然的长发　被阳光喷成瀑布
　　　　　　被风吹成丛林

7

坐上电梯　摩天楼再高
　　　　　也高不出屋顶

天空坐上云　谁知道眼睛有多高

渺茫有多深

9

鸟声与泉音

　　叫森林越睡越沉

流行歌与轮声

　　叫都市翻来覆去

10

那么多轮子

　　也只能转动几条街

太阳只动一只轮子

　　全都跟着动

14

贝壳听海叫

　　听阳光与月光在隔壁说话

耳朵听枪叫

　　听她与钞票在笑里笑

20

大自然
　是一座银行

　　　人
　　　是票面不同的纸币

1975 年

选自刘登翰编选《台湾现代诗选》，春风文艺出版社 1987 年 8 月版

我是风

芒克

　　　1

北方的树林
落叶纷纷
北方的家园
一片丰收的情景

听，都是孩子
那里遍地都是孩子

一溜烟跑过去的孩子

给母亲带去欢乐的孩子

看，那是辆马车

看看吧

那是拉满了庄稼和阳光的田野

北方的树林

落叶纷纷

我每到这里就来和你幽会

请听我说

我是风

　　2

和田野里劳动的孩子一样

我非常热爱天空

当辉煌的太阳一出来

那是母亲睁开的眼睛

和田野里劳动的孩子一样

我非常热爱天空

热爱母亲

啊，北方的树林

我对你恋恋不舍

但母亲在召唤

我要和她一起去收割

3

道路飘向远方

抬头看见

那孤零零的头巾下面掠过一道目光

落叶飘扬

侧耳听见

那落叶中发出了告别的喧响

北方的树林

我美丽的情人

远去的风

在向你歌唱

1975 年

选自《芒克的诗》，人民文学出版社 2009 年 5 月版

钟声

牛汉

天空沉默

为了期待钟声

谁也没有望到过这口钟

也许因为悬得太高

也许因为是透明的

但谁都相信

有一口钟在天上悬着

正悬在每个人的头顶

古老的天空总在沉默

（圆圆的天穹

本来就是天然的共鸣箱）

乌黑而动乱的云不住地

旋飞

在寻找那口钟

雷电一定撞到了钟上

否则雷声怎么这么悠长

电光怎么这么闪亮

钟摇动了

钟就要响了

钟响的时刻

人们都有预感

钟声像种子

在亿万颗心灵里发胀和蠕动

如果天空没有钟

千百年来

亿万颗心

怎么会有许多次

在同一个瞬间突然地惊醒

1975 年

选自《牛汉诗选》，人民文学出版社 1998 年 2 月版

1976年

人心的法则

舒婷

为一朵花而死去

是值得的

冷漠的车轮

粗暴的靴底

使春天的彩虹

在所有眸子里黯然失色

既不能阻挡

又无处诉说

那么，为抗议而死去

是值得的

为一句话而沉默

是值得的

远胜于大潮

雪崩似的跌落

这句话

被嘴唇紧紧封锁

汲取一生全部诚实与勇气

这句话，不能说

那么，为不背叛而沉默

是值得的

为一个诺言而信守终身？

为一次奉献而忍受寂寞？

是的，生命不应当随意挥霍

但人心，有各自的法则

假如能够

让我们死去千次百次吧

我们的沉默化为石头

像矿苗

在时间的急逝中指示存在

但是，记住

最强烈的抗议

最勇敢的诚实

莫过于——

活着，并且开口。

1976 年 1 月 13 日

选自《舒婷的诗》，人民文学出版社 1994 年 11 月版

素描六题

张默

面颜

跳动的时间，永远摆不平的时间

沿着我的灰漾漾的发梢而下

哎哟，你的皱纹好深啊

信

尽管是细细斜斜的几行
它也细细斜斜地安生在我的眼睫里

怎么撵也撵不走
你的细细斜斜的歌唱

枫叶

数理着一条条鲜红的脉络
我发现我们同是落脚在地球的某一圈

你的眸子一直朝向北方
朝向我乡我家的老屋
烹饪着我的鲜红的瞭望

窗

四周都是风景

有一个小男孩漫不经心地骑在它的脖子上

东张西望

那里有风景

芦苇花

禁不住一点点的微风
也毋须蜂群的播送

铿然，把十一月的黄昏愈漂愈白

鸵鸟

远远的
静悄悄的
闲置在地平线最阴暗的一角
一把张开的黑雨伞

选自《诗人季刊》第 4 期，1976 年 1 月

小站

向阳

仿佛还是去年秋天
被雨打湿了金黄羽翼的

故乡的银杏林下，那朵
畏缩地站在一抹荫翳苍茫中
鲜红的，小花？

透过今春异地黄昏的车窗
望去：一只鹭鸶
　　舞动着灰的双翅
　　在绯丽的晚云里，翩翩
　　飞逸！

　　1976 年 3 月 26 日　山仔后

　　选自刘登翰编选《台湾现代诗选》，春风文艺出版社 1987 年 8 月版

智慧之歌

穆旦

我已走到了幻想底尽头，
这是一片落叶飘零的树林，
每一片叶子标记着一种欢喜，
现在都枯黄地堆积在内心。

有一种欢喜是青春的爱情，
那是遥远天边的灿烂的流星，
有的不知去向，永远消逝了，
有的落在脚前，冰冷而僵硬。

另一种欢喜是喧腾的友谊，
茂盛的花不知道还有秋季，
社会的格局代替了血的沸腾，
生活的冷风把热情铸为实际。

另一种欢喜是迷人的理想，
他使我在荆棘之途走得够远，
为理想而痛苦并不可怕，
可怕的是看它终于成笑谈。

只有痛苦还在，它是日常生活
每天在惩罚自己过去的傲慢，
那绚烂的天空都受到谴责，
还有什么彩色留在这片荒原？

但唯有一棵智慧之树不凋，
我知道它以我的苦汁为营养，
它的碧绿是对我无情的嘲弄，
我咒诅它每一片叶的滋长。

1976 年 3 月

选自《穆旦诗全集》，中国文学出版社 1996 年 9 月版

回答

北岛

卑鄙是卑鄙者的通行证，
高尚是高尚者的墓志铭。
看吧，在那镀金的天空中，
飘满了死者弯曲的倒影。

冰川纪过去了，
为什么到处都是冰凌？
好望角发现了，
为什么死海里千帆相竞？

我来到这个世界上，
只带着纸、绳索和身影，
为了在审判之前，
宣读那些被判决的声音：

告诉你吧，世界，
我——不——相——信！
纵使你脚下有一千名挑战者，
那就把我算作第一千零一名。

我不相信天是蓝的，

我不相信雷的回声；

我不相信梦是假的，

我不相信死无报应。

如果海洋注定要决堤，

就让所有苦水都注入我心中；

如果陆地注定要上升，

就让人类重新选择生存的峰顶。

新的转机和闪闪的星斗，

正在缀满没有遮拦的天空。

那是五千年的象形文字，

那是未来人们凝视的眼睛。

1976 年 4 月

选自北岛自印诗集《陌生的海滩》，《今天》丛书之二，1980 年 4 月

理想

穆旦

1

没有理想的人像是草木，

在春天生发，到秋日枯黄，

对于生活它做不出总结，

面对绝望它提不出希望。

没有理想的人像是流水，
为什么听不见它的歌唱？
原来它已为现实的泥沙
逐渐淤塞，变成污浊的池塘。

没有理想的人像是空屋
而无主人，它紧紧闭着门窗，
生活的四壁堆积着灰尘，
外面在叩门，里面寂无音响。

那么打开吧，生命在呼喊：
让一个精灵从邪恶的远方
侵入他的心，把他折磨够，
因为他在地面看见了天堂。

2

理想是个迷宫，按照它的逻辑
你越走越达不到目的地。

呵，理想，多么美好的感情，
但等它流到现实底冰窟中，
你看到的就是北方的荒原，

使你丰满的心倾家荡产。

"我是一个最合理的设想，
我立足在坚实的土壤上，"
但现实是一片阴险的流沙，
只有泥污的脚才能通过它。

"我给人指出崇高的道路，
我的明光能照澈你的迷雾，"
别管有多少人为她献身，
我们的智慧终于来自疑问。

毫无疑问吗？那就跟着她走，
像追鬼火不知扑到哪一头。

1976 年 4 月

选自《穆旦诗全集》，中国文学出版社 1996 年 9 月版

当你从我的窗下走过

舒婷

当你从我的窗下走过，
祝福我吧，
因为灯还亮着。

灯亮着——

在晦重的夜色里，

它像一点漂流的渔火。

你可以设想我的小屋，

像被狂风推送的一叶小舟。

但我并没有沉沦，

因为灯还亮着。

灯亮着——

当窗帘上映出了影子，

说明我已是龙钟的老头，

没有奔放的手势，

背比从前还要驼。

但衰老的不是我的心，

因为灯还亮着。

灯亮着——

它用这样火热的恋情，

回答四面八方的问候；

灯亮着——

它以这样轩昂的傲气，

睥睨明里暗里的压迫。

呵，灯何时有了鲜明的性格，

自从你开始理解我的时候。

因为灯还亮着——

祝福我吧，

当你从我的窗下走过……

1976 年 4 月

选自《舒婷的诗》，人民文学出版社 1994 年 11 月版

明灯颂

王先

夜校的明灯亮晶晶，

明灯对着北斗星。

社员灯下学马列，

前进路上方向明。

去年七、八、九月份，

西风阵阵吹窗棂——

什么夜校应该搞"扫盲"，

想阻挡咱讲阶级斗争。

贫下中农骨头硬，

十二级台风咱敢顶。

他越阻拦咱越讲，

大批判旗帜高高擎！

如今形势更大好，

凯歌嘹亮东风猛。

北斗高悬指方向，

映得夜校灯更红！

  选自《十二级台风刮不倒——小靳庄诗歌选》，人民文学出版社 1976 年 4 月版。原书作者名前署：党支部委员。

荣誉与不朽

佚名

多少人追求荣誉，

真正的荣誉是人民的称颂；

多少人追求不朽，

真正的不朽是活在人民心中！

您鞠躬尽瘁死而后已的革命精神，

像浩渺不息的东海水；

您无私无畏光明磊落的战斗风貌，

像傲然挺拔的南山松。

  选自童怀周编《天安门诗抄》，人民文学出版社 1978 年 12 月版①

---

  ①该书前言中说："本书所收的作品，我们都作了较认真的校订。它们都是丙辰清明前后在天安门广场张贴、朗诵或散发过的，其它概未录入。"由之，我们将从《天安门诗抄》中选取的本诗及下一首《向总理请示》编入 1976 年 4 月。

向总理请示

佚名

黄浦江上有座桥，

江桥腐朽已动摇。

江桥摇，

眼看要垮掉；

请指示，

是拆还是烧？

选自童怀周编《天安门诗抄》，人民文学出版社 1978 年 12 月版

春

穆旦

春意闹：花朵、新绿和你的青春

一度聚会在我的早年，散发着

秘密的传单，宣传热带和迷信，

激烈鼓动推翻我弱小的王国；

你们带来了一场不意的暴乱，

把我流放到……一片破碎的梦；

从那里我拾起一些寒冷的智慧，

卫护我的心又走上途程。

多年不见你了，然而你的伙伴

春天的花和鸟，又在我眼前喧闹，

我没忘记它们对我暗含的敌意

和无辜的欢乐被诱入的苦恼；

你走过而消失，只有淡淡的回忆

稍稍把你唤出那逝去的年代，

而我的老年也已筑起寒冷的城，

把一切轻浮的欢乐关在城外。

被围困在花的梦和鸟的鼓噪中，

寂静的石墙内今天有了回声

回荡着那暴乱的过去，只一刹那，

使我悒郁地珍惜这生之进攻……

1976 年 5 月

选自《穆旦诗全集》，中国文学出版社 1996 年 9 月版

冥想

穆旦

1

为什么万物之灵的我们，

遭遇还比不上一棵小树？

今天你摇摇它，优越地微笑，

明天就化为根下的泥土。

为什么由手写出的这些字，

竟比这只手更长久，健壮？

它们会把腐烂的手抛开，

而默默生存在一张破纸上。

因此，我傲然生活了几十年，

仿佛曾做着万物的导演，

实则在它们长久的秩序下

我只当一会儿小小的演员。

2

把生命的突泉捧在我手里，

我只觉得它来得新鲜，

是浓烈的酒，清新的泡沫，

注入我的奔波、劳作、冒险。

仿佛前人从未经临的园地

就要展现在我的面前。

但如今，突然面对着坟墓，

我冷眼向过去稍稍回顾，

只见它曲折灌溉的悲喜

都消失在一片亘古的荒漠，

这才知道我的全部努力

不过完成了普通的生活。

1976 年 5 月

选自《穆旦诗全集》，中国文学出版社 1996 年 9 月版

夏

穆旦

绿色要说话，红色的血要说话，
浊重而喧腾，一齐说得嘈杂！
是太阳的感情在大地上迸发。

太阳要写一篇伟大的史诗，
富于强烈的感情，热闹的故事，
但没有思想，只是文字，文字，文字。

他要写出我的苦恼的旅程，
正写到高潮，就换了主人公，
我汗流浃背地躲进冥想中。

他写出了世界上的一切大事，
（这我们从报纸上已经阅知）
只不过要证明自己的热炽。

冷静的冬天是个批评家，
把作品的许多话一笔抹杀，
却仍然给了它肯定的评价。

据说，作品一章章有其连贯，

从中可以看到构思的谨严，

因此还要拿给春天去出版。

1976 年 6 月

选自《穆旦诗全集》，中国文学出版社 1996 年 9 月版

留言

钟鼎文

让我将我不朽的爱，留给世界，

将我难忘的恨，带进坟茔。

一片浮云飘过大海，是我的生命，

一片微风吹过花丛，是我的感情。

我祈祷的手将变作树，伸向穹苍，

我含泪的眼将变作星，俯瞰大地。

亲爱的母亲、亲爱的故乡，我太困倦了，

让我回到你们的怀抱里久久地安息吧。

1976 年 7 月作于美国康州

选自刘登翰编选《台湾现代诗选》，春风文艺出版社 1987 年 8 月版

水歌

向阳

干杯。二十年后
想必都已老去，一如落叶
遍地。园中此时小径幽暗
且让我们联袂
夜游，掌起灯火

随意。二十年前
犹是十分年轻，一如花开
繁枝。树下明晨落红如雨
请听我们西窗
吟哦，慢唱秋色

1976 年 8 月 14 日　溪头

选自刘登翰编选《台湾现代诗选》，春风文艺出版社 1987 年 8 月版

秋

穆旦

1

天空呈现着深邃的蔚蓝，

仿佛醉汉已恢复了理性；
大街还一样喧嚣，人来人往，
但被秋凉笼罩着一层肃静。

一整个夏季，树木多么紊乱！
现在却坠入沉思，像在总结
它过去的狂想，激愤，扩张，
于是宣讲哲理，飘一地黄叶。

田野的秩序变得井井有条，
土地把债务都已还请，
谷子进仓了，泥土休憩了，
自然舒了一口气，吹来了爽风。

死亡的阴影还没有降临，
一切安宁，色彩明媚而丰富；
流过的白云在与河水谈心，
它也要稍许享受生的幸福。

2

你肩负着多年的重载，
歇下来吧，在芦苇的水边：
远方是一片灰白的雾霭
静静掩盖着路程的终点。

处身在太阳建立的大厦，
连你的忧烦也是他的作品，
歇下来吧，傍近他闲谈，
如今他已是和煦的老人。

这大地的生命，缤纷的景色，
曾抒写过他的热情和狂暴，
而今只剩下凄清的虫鸣，
绿色的回忆，草黄的微笑。

这是他远行前柔情的告别，
然后他的语言就纷纷凋谢；
为何你却紧抱着满怀浓荫，
不让它随风飘落，一页又一页？

3

经过了溶解冰雪的斗争，
又经过了初生之苦的春旱，
这条河水渡过夏雨的惊涛，
终于流入了秋日的安恬；

攀登着一坡又一坡的我，
有如这田野上成熟的谷禾，
从阳光和泥土吸取着营养，
不知冒多少险受多少挫折；

在雷电的天空下，在火焰中，

这滋长的树叶，飞鸟，小虫，

和我一样取得了生的胜利，

从而组成秋天和谐的歌声。

呵，水波的喋喋，树影的舞弄，

和谷禾的香才在我心里扩散，

却见严冬已递来它的战书，

在这恬静的、秋日的港湾。

1976 年 9 月

选自《穆旦诗全集》，中国文学出版社 1996 年 9 月版

中秋夜

舒婷

海岛八月中秋，

芭蕉摇摇，

龙眼熟坠。

不知有"花朝月夕"，

只因年来风雨见多。

当激情招来十级风暴，

心，不知在哪里停泊。

道路已经选择，

没有蔷薇花，

并不曾后悔过。

人在月光里容易梦游，

渴望得到也懂得温柔。

要使血不这样奔流，

凭二十四岁的骄傲显然不够。

要有坚实的肩膀，

能靠上疲倦的头；

需要有一双手，

来支持最沉重的时刻。

尽管明白，

生命应当完全献出去，

留多少给自己，

就有多少忧愁。

1976 年 9 月

选自《舒婷的诗》，人民文学出版社 1994 年 11 月版

饮我以花雕

洛夫

剑一般的年代

曾饮我以高粱大曲

长发披肩口沫横飞亦不负风流之姿

时则豪饮于灯下

独酌于时间的巅峰

下酒物多为整盘整盘的

李白炒波特莱尔

醉后天上的月亮至少四个

久久不敢面壁

一面壁便想把自己的影子撕下来

少年的饮者啊

为写一首小诗而煮酒

而临窗无言

而苦等一树落花

花落时又愁得吐血

而今，则饮我以花雕

槛外雨声如一落拓江湖寒士的吟哦

醉眼中，花雕仍不乏江南水色

有时总忍不住以手指

在桌上写满山河的名字

想想，最后还是用衣袖拭去

真能全部拭去也还罢了，而……

杯弓纵非蛇影

怕只怕喝下去后那种暖暖的涌动

竟成你我明日的警讯

心悸归心悸，这究能引起何种风波？

不论在壶中或腹中

最多漾成一朵小小的涟漪

你们说的也是

地震在唐山，距离

手中的花雕，花雕中的江南

毕竟嫌远了些

双手愈握愈紧

啪的一声，酒杯炸裂

血流满掌

体温

随酒温骤然下降

　　　　1976 年 11 月 14 日

　　　　选自洛夫诗集《烟之外》，江苏文艺出版社 2010 年 12 月版

公无渡河

余光中

公无渡河，一道铁丝网在伸手

公竟渡河，一架望远镜在凝眸

堕河而死，一排子弹啸过去

当奈公何，一丛芦苇在摇头

一道探照灯警告说，公无渡海

一艘巡逻艇咆哮说，公竟渡海

一群鲨鱼扑过去，堕海而死

一片血水涌上来，歌亦无奈

1976 年 11 月 16 日

选自《余光中诗选 1949 – 1981》，洪范书店有限公司 1981 年 8 月版

悼

——纪念一位被迫害致死的老诗人

舒婷

请你把没走完的路，指给我，

　　让我从你的终点出发；

请你把刚写完的歌，交给我，

　　我要一路播种火花。

你已渐次埋葬了破碎的梦、

　　受伤的心，

　　和被损害的年华，

但你为自由所充实的声音，决不会

　　因生命的消亡而喑哑。

在你长逝的地方，泥土掩埋的

　　不是一副锁着镣铐的骨架，

就像可怜的大地母亲，她含泪收容的，

　　那无数屈辱和谋杀，

从这里要长出一棵大树，

　　一座高耸的路标，

朝你渴望的方向，

　　朝你追求的远方伸展枝丫。

你为什么牺牲？你在哪里倒下？

时代垂下手无力回答，

历史掩起脸暂不说话，

但未来，人民在清扫战场时，

　　会从祖国的胸脯上

拣起你那断翼一样的旗帜，

　　和带血的喇叭……

诗因你崇高的生命而不朽，

生命因你不朽的诗而伟大。

　　　1976 年 11 月

　　　选自《舒婷的诗》，人民文学出版社 1994 年 11 月版

中国的十月（节选）

贺敬之

一九七六年——

中国的十月。

历史的巨笔，

将这样书写：

无产阶级继续革命的

又一重大战役，

"文化大革命"
新的光辉一页!

呵……
一九七六年,
严峻的十月。
伟大的领袖和导师,
已和我们永别……
生前的遗志呵,
怎样实现?
如何继承
他开创的事业?

在中国,
在十月。
阶级大搏斗的
风风雨雨,
我们心潮激荡的
日日夜夜——
怎能不想呵
那长征路上
莽莽昆仑"**这多雪**"?

在北京,
在十月。
中南海内

波浪起伏，

长安街上

灯火明灭——

怎能不念呵

娄山关前

"而今迈步从头越"？

呵……

一九七六年，

惊心动魄的十月！

天安门城楼

连接着遵义的城堞，

大会堂前

似见当年

那会址的台阶。

每一天，

每一夜，

怎能不牵动

世界人民的心呵，

和我们人民

心中的世界？

呵！

一九七六年，

震撼世界的十月！

我们的党

胜利了!
北京的晨曦
向世界报捷。
党中央一举粉碎
"四人帮"反党集团,
无产阶级的巨手,
终于捉住了这窝蛇蝎!

十月呵,
伟大的十月!
毛主席的革命路线
胜利了!
看革命的航船
正扬帆飞跃。
华国锋同志
接过舵手的班,
在这伟大的战役中,
是何等的英明、果决!

十月呵,
欢乐的十月!
当胜利消息传遍
举国沸腾的时辰,
当幸福
火一样灼人的此刻——
我向你呵

放声歌唱！
我为你呵
奋笔挥写：
伟大、光荣、正确的党呵，
我们后继有人的
阶级的事业！

我要唱呵，
我要写。
在这欢庆的
锣鼓声中，
在这祝捷的
不眠之夜……
用我止不住的
欢欣的泪水呵，
用压不住的
我滚滚的热血！

写呵，
我要写。
在我劳动的
炼钢炉旁，
在我们厂
游行的队列——
师傅的喜泪
和我的泪水汇流，

阶级的热血呵，

向着我心头倾泻……

选自《诗刊》1976 年第 11 期

冬

穆旦

1

我爱在淡淡的太阳短命的日子，

临窗把喜爱的工作静静做完；

才到下午四点，便又冷又昏黄，

我将用一杯酒灌溉我的心田。

多么快，人生已到严酷的冬天。

我爱在枯草的山坡，死寂的原野，

独自凭吊已埋葬的火热一年，

看着冰冻的小河还在冰下面流，

不知低语着什么，只是听不见。

呵，生命也跳动在严酷的冬天。

我爱在冬晚围着温暖的炉火，

和两三昔日的好友会心闲谈，

听着北风吹得门窗沙沙地响，

而我们回忆着快乐无忧的往年。
人生的乐趣也在严酷的冬天。

我爱在雪花飘飞的不眠之夜，
把已死去或尚存的亲人珍念，
当茫茫白雪铺下遗忘的世界，
我愿意感情的热流溢于心田，
来温暖人生的这严酷的冬天。

2

寒冷，寒冷，尽量束缚了手脚，
潺潺的小河用冰封住了口舌，
盛夏的蝉鸣和蛙声都沉寂，
大地一笔勾销它笑闹的蓬勃。

谨慎，谨慎，使生命受到挫折，
花呢？绿色呢？血液闭塞住欲望，
经过多日的阴霾和犹疑不决，
才从枯树枝漏下淡淡的阳光。

奇怪！春天是这样深深隐藏，
哪儿都无消息，都怕峥露头角，
年轻的灵魂裹进老年的硬壳，
仿佛我们穿着厚厚的棉袄。

3

你大概已停止了分赠爱情，
把书信写了一半就住手，
望望窗外，天气是如此肃杀，
因为冬天是感情的刽子手。

你把夏季的礼品拿出来，
无论是蜂蜜，是果品，是酒，
然后坐在炉前慢慢品尝，
因为冬天已经使心灵枯瘦。

你拿一本小说躺在床上，
在另一个幻象世界周游，
它使你感叹，或使你向往，
因为冬天封住了你的门口。

你疲劳了一天才得休息，
听着树木和草石都在嘶吼，
你虽然睡下，却不能成梦，
因为冬天是好梦的刽子手。

4

在马房隔壁的小土屋里，

风吹着窗纸沙沙响动，
几只泥脚带着雪走进来，
让马吃料，车子歇在风中。

高高低低围着火坐下，
有的添木柴，有的在烘干，
有的用他粗而短的指头
把烟丝倒在纸里卷成烟。

一壶水滚沸，白色的水雾
弥漫在烟气缭绕的小屋，
吃着，哼着小曲，还谈着
枯燥的原野上枯燥的事物。

北风在电线上朝他们呼唤，
原野的道路还一望无际，
几条暖和的身子走出屋，
又迎面扑进寒冷的空气。

1976 年 12 月

选自《穆旦诗全集》，中国文学出版社 1996 年 9 月版

汉城景福宫

羊令野

谁的手

击响景福宫的五更鼓

鼓响一通通

该当早朝时分

谁来听政

朱楹画栋寂然无声

踏遍丹墀的游客

万国衣冠

带动了高丽曙色初新

御池的流水

照不出嫔娥们晚妆颜色

垂垂的柳丝

可记得王臣们须发一夜雪白

哦　五百年啦

你问过苍生

我来问鬼神

断碣残碑

抚摩尽六朝风和月

总是斑斓

读一卷兴亡遗事

沉吟里

长廊风送响履迤逦

不知人面何处去

1976 年 12 月

选自流沙河编著《台湾诗人十二家》，重庆出版社 1983 年 8 月版

走吧

　　——给 L

北岛

走吧，

落叶吹进深谷，

歌声却没有归宿。

走吧，

冰上的月光，

已从河床上溢出。

走吧，

眼睛望着同一块天空，

心敲击着暮色的鼓。

走吧，

我们没有失去记忆，

我们去寻找生命的湖。

走吧，

路呵路，

飘满红罂粟。

1976 年

选自北岛自印诗集《陌生的海滩》，《今天》丛书之二，1980 年 4 月

向前看

曾卓

向前看，向前看，

沙漠的那边是

　　开花的草原。

向前看，向前看，

乌云的边缘已闪现出

　　灿烂的蓝天。

冒着风雨，

踏着蒺藜，

向前看　向前看！

心中燃烧着，

永不熄灭的火焰，

肩负着那个累人的"明天"*。

＊借用老年的约翰·克里斯朵夫的话。

1976 年

选自《曾卓抒情诗选》，人民文学出版社 1988 年 3 月版

狐狸讲演

顾城

有一天，狐狸忽然登台宣讲，

说猎犬已经完全变成了豺狼：

"昨天它刚吃了可怜的锦鸡，

今天却又图谋杀害山羊！"

尽管狐狸讲得慷慨激昂，

但台下的听众却早已走个精光。

因为谁都看到有根彩色的鸡翎，

正卡在狐狸的牙上……

1976 年

选自《顾城诗全编》，上海三联书店 1995 年 6 月版

巨星
顾城

在宇宙的心脏，燃烧过一颗巨星，
从灼亮的光焰中，播出万粒火种。
它们飞驰，它们迸射，点燃了无数星云。

它燃尽了最后一簇，像礼花飘散太空，
但光明并没有消逝，黑暗并没有得逞，
一千条燃烧的银河都继承了它的生命。

1976 年

选自《顾城诗全编》，上海三联书店 1995 年 6 月版

故园九咏
流沙河

我家

荒园有谁来！
点点斑斑，小路起青苔。
金风派遣落叶，
飘到窗前，纷纷如催债。

失学的娇女牧鹅归，

苦命的乖儿摘野菜。

檐下坐贤妻，

一针针为我补破鞋。

秋花红艳无心赏，

贫贱夫妻百事哀。

中秋

纸窗亮，负儿去工场。

赤脚裸身锯大木。

音韵铿锵，节奏悠扬。

爱他铁齿有情，

养我一家四口；

恨他铁齿无情，

啃我壮年时光。

啃完春，啃完夏，

晚归忽闻桂花香。

屈指今夜中秋节，

叫贤妻快来窗前看月亮。

妻说月色果然好，

明晨又该洗衣裳，

不如早上床！

芳邻

邻居脸上多春色，
夜夜邀我做客。
一肚皮的牢骚，
满嘴巴的酒气，
待我极亲热。

最近造反当了官，
脸上忽来秋色。
猛揭我的"放毒"，
狠批我的"复辟"，
交情竟断绝。

他家小狗太糊涂，
依旧对我摇尾又舔舌。
我说不要这样做了，
它却听不懂，
语言有隔阂。

乞丐

门外谁呼唤？
河南父老，逃荒来讨饭。
"俺们不是坏人！"

怀中掏出证件。

东家端来剩菜汤，
西家端来陈饭。
儿学英文识 beggar（乞丐），
这回亲眼看见。

愧我书生无能，
敢怒不敢言。
呼儿送去冷红薯，
羞见父老，掩门一声叹。

哄小儿

爸爸变了棚中牛，
今日又变家中马。
笑跪床上四蹄爬，
乖乖儿，快来骑马马！

爸爸驮你打游击，
你说好耍不好耍？
小小屋中有自由，
门一关，就是家天下。

莫要跑到门外去，
去到门外有人骂。

只怪爸爸连累你，

乖乖儿，快用鞭子打！

焚书

留你留不得，

藏你藏不住。

今宵送你进火炉，

永别了，

契诃夫！

夹鼻眼镜山羊胡，

你在笑，我在哭。

灰飞烟灭光明尽，

永别了，

契诃夫！

夜读

一天风雪雪断路，

晚来关门读禁书。

脚踏烘笼手搓手，

一句一笑吟，

一句一欢呼。

刚刚读到最佳处，

可惜瓶灯油又枯。
鸡声四起难入睡，
墙缝月窥我，
弯弯一把梳。

夜捕

儿女拉我园中去，
篱边夜捕蟋蟀。
静悄悄，步步侧耳听，
小女握瓶，小儿照灯火。

一回捕获八九个，
从此荒园夜夜不闻歌。
且看瓶中何所有，
断腿冤虫，悲哀与寂寞。

残冬

天地迷蒙好大雾，
竹篱茅舍都遮住。
手冻僵，脚冻木，
破烂衣裳空着肚。
一早忙出门，
贤妻问我去何处。

我去园中看腊梅，

昨晚幽香吹入户。

向南枝，花已露，

不怕檐冰结成柱。

春天就要来，

你听鸟啼残雪树！

断断续续写在70年代中期①

选自《流沙河诗集》，上海文艺出版社1982年12月版

不是奇迹

绿原

莠草变成了佳禾，

木本开出了莲花，

厨房里长起了扇子树，

台阶上生满了日历荚，

……

古代"一日十瑞"②

哪比得上

天安门的童话？

话说某年某月某日，

---

①该诗具体写作年份不详，本书暂编入1976年。
②见《述异志》。

人间忽然发出了一片抽泣，

抽泣变成了一团怀疑，

怀疑变成了一阵耳语，

耳语变成了一声霹雳，

霹雳变成了一座花海，

花海变成了一摊鲜血，

鲜血变成了一堆烈火，

熊熊的烈火变成了

无穷无尽愤怒的微粒，

充塞着全中国的空气……

于是人人面面相觑

一齐屏住了呼吸，期待着

一个更大的奇迹：

到底是怎么回事啊，

宗教职业者们在指手画脚。

然而，历史从不承认奇迹，

人间万象都必将水落石出。

1976 年

选自绿原诗集《人之诗》，人民文学出版社 1983 年 4 月版

写给珊珊的纪念册

芒克

走进你安睡的墓地

我的心是朵白色的小花

走进你沉睡的黑夜
我的眼睛是泪流的烛火

走进你灵魂的天堂
我的嘴唇是悼念的花环

走进你思想的住所
我的歌是悲泣的哀乐

你崇高而又纯洁
你骄傲的名字就在这里安息着

1976 年

选自《芒克的诗》，人民文学出版社 2009 年 5 月版

"我"的形成

穆旦

报纸和电波传来的谎言
都胜利地冲进我的头脑，
等我需要做出决定时，
它们就发出恫吓和忠告。

一个我从不认识的人
挥一挥手，他从未想到我，
正当我走在大路的时候，
却把我抓进生活的一格。

从机关到机关旅行着公文，
你知道为什么它那样忙碌？
只为了我的生命的海洋
从此在它的印章下凝固。

在大地上，由泥土塑成的
许多高楼矗立着许多权威，
我知道泥土仍将归于泥土，
但那时我已被它摧毁。

仿佛在疯女的睡眠中，
一个怪梦闪一闪就沉没；
她醒来看见明朗的世界，
但那荒诞的梦钉住了我。

1976 年

选自《穆旦诗全集》，中国文学出版社 1996 年 9 月版

好梦

穆旦

因为它曾经集中了我们的幻想，
它的降临有如雷电和五色的彩虹，
拥抱和接吻结束了长期的盼望，
它开始以魔杖指挥我们的爱情：
　　　　让我们哭泣好梦不长。

因为它是从历史的谬误中生长，
我们由于恨，才对它滋生感情，
但被现实所铸成的它的形象
只不过是谬误底另一个幻影：
　　　　让我们哭泣好梦不长。

因为热血不充溢，它便掺上水分，
于是大挥彩笔画出一幅幅风景，
它的色调越浓，我们跌得越深，
终于使受骗的心粉碎而苏醒：
　　　　让我们哭泣好梦不长。

因为真实不够好，谎言变为真金，
它到处拿给人这种金塑的大神，
但只有食利者成为膜拜的一群，

只有仪式却越来越谨严而虔诚：

　　让我们哭泣好梦不长。

因为日常的生活太少奇迹，

它不得不在平庸之中制造信仰，

但它造成的不过是可怕的空虚，

和从四面八方被嘲笑的荒唐：

　　让我们哭泣好梦不长。

1976 年

选自《穆旦诗全集》，中国文学出版社 1996 年 9 月版

神的变形

穆旦

神

浩浩荡荡，我掌握历史的方向，

有始无终，我推动着巨轮前进；

我驱走了魔，世间全由我主宰，

人们天天到我的教堂来致敬。

我的真言已经化入日常生活，

我记得它曾引起多大的热情。

我不知度过多少胜利的时光，

可是如今，我的体系像有了病。

权力

我是病因。你对我的无限要求
就使你的全身生出无限的腐锈。
你贪得无厌，以为这样最安全，
却被我腐蚀得一天天更保守。
你原来是从无到有，力大无穷，
一天天的礼赞已经把你催眠，
岂不知那都是我给你的报酬？
而对你的任性，人心日渐变冷，
在那心窝里有了另一个要求。

魔

那是要求我。我在人心里滋长，
重新树立了和你崭新的对抗，
而且把正义，诚实，公正和热血
都从你那里拿出来做我的营养。
你击败的是什么？熄灭的火炬！
可是新燃的火炬握在我手上。
虽然我还受着你权威的压制，
但我已在你全身开辟了战场。
决斗吧，就要来了决斗的时刻，
万众将推我继承历史的方向。
呵，魔鬼，魔鬼，多丑陋的名称！

可是看吧，等我由地下升到天堂！

人

神在发出号召，让我们击败魔，
魔发出号召，让我们击败神祇；
我们既厌恶了神，也不信任魔，
我们该首先击败无限的权力！
这神魔之争在我们头上进行，
我们已经旁观了多少个世纪！
不，不是旁观，而是被迫卷进来，
怀着热望，像为了自身的利益。
打倒一阵，欢呼一阵，失望无穷，
总是绝对的权力得到了胜利！
神和魔都要绝对地统治世界，
而且都会把自己装扮得美丽。
心呵，心呵，你是这样容易受骗，
但现在，我们已看到一个真理。

魔

人呵，别顾你的真理，别犹疑！
只要看你们现在受谁的束缚！
我是在你们心里生长和培育，
我的形象可以任由你们雕塑。
只要推翻了神的统治，请看吧：

我们之间的关系将异常谐和。
我是代表未来和你们的理想，
难道你们甘心忍受神的压迫？

人

对，哪里有压迫，哪里就有反抗；
谁推翻了神谁就进入天堂。

权力

而我，不见的幽灵，躲在他身后，
不管是神，是魔，是人，登上宝座，
我有种种幻术越过他的誓言，
以我的腐蚀剂伸入各个角落；
不管原来是多么美丽的形象，
最后……人已多次体会了那苦果。

1976 年

选自《穆旦诗全集》，中国文学出版社 1996 年 9 月版

改不掉的习惯

牛汉

聂鲁达伤心地讲过
有一个多年遭难的诗人

改不了许多悲伤的习惯——

出门时
常常忘记带钥匙
    多少年
他没有自己的门

睡觉时
常常忘记关灯
多少年他没有摸过开关
夜里总睡在燥热的灯光下

遇到朋友
常常想不到伸出自己的手
    多少年
他没有握过别人的手

他想写的诗
总忘记写在稿纸上
    多少年
他没有笔没有纸
每一行诗只默默地
刻记在心里

我认识这个诗人

1976 年，北京

选自《牛汉诗选》，人民文学出版社 1998 年 2 月版)

本卷作者简介

　　白萩（1937—），生于台湾台中，本名何锦荣。1958 年出版第一本诗集《蛾之死》，参加"蓝星"诗社、"创世纪"诗社、"笠"诗社等。出版诗集《风的蔷薇》《天空象征》《白萩诗选》《香颂》、诗论集《现代诗散论》等。1956 年获第一届"中国新诗奖"，1985 年获第十九届吴三莲奖。

　　商禽（1930—2010），四川珙县人，本名罗显烆，曾用笔名罗马、罗燕、罗砚等。1946 年从军，1950 年随军去台，1968 年退役，后从事过多种职业。1956 年加盟"现代派"，1959 年加入"创世纪"诗社。1969 年获福特基金会奖助，赴美参加艾奥瓦大学"国际写作计划"。出版诗集《梦或者黎明》《用脚思想》等。

　　殷勤，"文革"初期于部队服役，生平不详。

　　余光中（1928—2017），生于南京，祖籍福建永春。1949 年迁台，1958 年赴美进修，次年获艾奥瓦大学艺术硕士学位。先后任教台湾东吴大学、台湾师范大学、台湾大学、台湾政治大学及香港中文大学，曾任台湾中山大学文学院院长等。1954 年与友人共同创办"蓝星"诗社。其作品多次获奖。出版诗集《舟子的悲歌》《蓝色的羽毛》《莲的联想》《五陵少年》《天国的夜市》《在冷战的年代》《白玉苦瓜》《与永恒拔河》《余光中诗选》等多种，并出版散文集、评论集及翻译作品多种。

陈建华（1947—），生于上海。1967 年高中毕业于上海新群中学，1968 年后做锻工、电工等。1979 年入复旦大学攻读古代文学硕士，其后入复旦大学分校工作，1988 年获复旦大学博士学位，同年底赴美。1994 年和 2002 年分别获美国加州大学洛杉矶分校硕士和哈佛大学博士学位。曾在美国和香港高校任教。有 1960 年代未刊诗稿《红坟草》，近年出版《陈建华诗选》。

流沙河（1931—2019），四川金堂人，本名余勋坦。1950 年参加工作，任《川西农民报》编辑、《四川群众》编辑、《星星》编辑等，1957 年因《草木篇》被划为"右派"，接受"劳动改造"计 20 年，1979 年复出并调回四川省文联任《星星》编辑。出版诗集《农村夜曲》《告别火星》《流沙河诗集》《游踪》《故园别》《独唱》等，并有诗论集、散文、随笔集等多种。

洛夫（1928—2018），生于湖南衡阳，本名莫洛夫。1949 年迁台，服役于海军。1954 年与友人成立"创世纪"诗社，任总编辑多年。1973 年从淡江文理学院外文系毕业。1996 年移民加拿大。作品多次获奖。出版诗集《时间之伤》《灵河》《石室之死亡》《魔歌》《众荷喧哗》《因为风的缘故》《月光房子》《雪落无声》《漂木》《烟之外》《洛夫诗歌全集》等多部，另出版散文集、评论集及译著多部。

张帆，"红卫兵"，东北籍，生平不详。

风宇，"红卫兵"，生平不详。

梁岩海，"红卫兵"，东北籍，生平不详。

罗门（1928—2017），生于海南文昌，本名韩仁存。1949 年赴台，1954 年发表第一首诗作。1955 年加入"蓝星"诗社，1995 年同蓉子参加艾奥瓦大学"国际写作计划"。曾获蓝星诗奖、台湾《中国时报》推荐诗奖等。出版诗集《曙光》《第九日的底流》

《死亡之塔》《隐形的椅子》《罗门自选集》《旷野》《时空的回声》《日月的行踪》《罗门编年诗选》，并有文论集等多种。

蓉子（1928—），女，江苏涟水人，本名王蓉芷。1948 年赴台，1951 年开始写诗，1955 年与诗人罗门结婚，参加"蓝星"诗社。1995 年参加艾奥瓦大学"国际写作计划"。诗作多次获奖。出版诗集《青鸟集》《七月的南方》《这一站不到神话》《蓉子诗抄》《横笛与笠琴的晌午》《夏，在雨中》《蓉子自选集》《雪是我的童年》等。其写作文类主要为新诗，兼及散文与儿童文学。

吴克强，"红卫兵"，生平不详。

杨三白，女，北师大女附中毕业，1967 年冬作长诗《海洋之歌》，生平不详。

狂人，"文革"前期为武汉铁道兵学院"红卫兵"，生平不详。

管管（1929—），生于山东青岛，本名管运龙。随军队去台湾，任军职多年。退役后工作于广播界与演艺界，长期参与电影电视和舞台剧的演出。艾奥瓦大学访问作家，曾获香港现代文学美术协会现代诗首奖、台湾第二届中国现代诗首奖。出版诗集《荒芜之脸》《管管诗选》《管管世纪诗选》等。

昌耀（1936—2000），生于湖南常德，本名王昌耀。1954 年开始发表诗作，因 1957 年发表的《林中试笛》被划为"右派"，长期遭受监禁、劳役。1979 年后调中国作协青海分会任专业作家。出版《昌耀抒情诗集》《昌耀的诗》《昌耀诗文总集》等。

叶维廉（1937—），广东中山人。1949 年去香港，1955 年入台湾大学外文系，1959 年入台湾师范大学英语研究所，后获硕士学位。1963 年赴美留学，先后获艾奥瓦大学美学硕士和普林斯顿大学比较文学博士，后任职于美国加州大学。1970 年任台湾大学外文系客座教授，1980 年任香港中文大学英文系教授等。出版诗集

《赋格》《醒之边缘》《叶维廉自选集》及学术著作《中国诗学》《道家美学与西方文化》等多种。

顾城（1956—1993），生于北京，1969 年随父下放山东农村，1974 年回京。"文革"期间开始写诗，1979 年在《今天》《诗刊》等刊物发表诗作，被视为"朦胧诗"代表性诗人。1987 年旅居欧洲，1988 年起定居新西兰，1993 年于新西兰激流岛杀妻后自缢身亡。出版诗集《黑眼睛》《顾城诗集》《顾城童话寓言诗选》《顾城诗全编》《顾城的诗》《顾城诗全集》等，另有散文集、长篇小说等数种。

梁秉钧（1949—2013），广东新会人，笔名也斯。在香港长大，1967 年入香港浸会学院外文系学习，1978 年赴美国加州大学读比较文学，先后获硕士、博士学位。1984 年后先后任教于香港大学、香港岭南大学。出版诗集《灰鸽早晨的话》《雷声与蝉鸣》《游离的诗》《半途：梁秉钧诗选》《东西》《浮藻：诗》等，另出版散文集、小说集数种。

食指（1948—），生于山东朝城，本名郭路生。1953 年随父迁居北京，1968 年到山西插队，1971 年入伍。1973 年复员，后长期为疾患困扰，1990 年入北京第三福利院。其"文革"期间的作品在知青群体中有广泛影响。1978 年起用笔名"食指"。出版诗集《相信未来》《诗探索金库·食指卷》《食指的诗》等。

高准（1938—），上海金山人。1946 年到台湾，1961 年毕业于台湾政治大学政治系，1964 年获台湾中国文化学院硕士。澳大利亚悉尼大学东方文学系博士。曾任台湾《诗潮》诗刊总编辑、台湾中国文化大学教授等。出版诗集《丁香结》《高准诗抄》《葵心集》等，并有论著、编著多种。

哑默（1942—），生于贵州贵阳，本名伍立宪。1963 年高中毕业于贵阳五中，1964 年起开始在贵阳市郊野鸭塘小学任代课教师。1970 年代末创办民间刊物《崛起的一代》《现代诗》等。1979 年自印诗集《哑默诗选》，出版诗集、文集《乡野的礼物》《墙里化石》《见证》等。

蔡炎培（1935—），生于广州，1938 年移居香港，笔名杜红。台湾中兴大学农学院毕业，后长期任香港《明报》副刊编辑。出版诗集《小诗三卷》《变种的红豆》《蓝田日暖》《中国时间》《十项全能》等。

张默（1931—），生于安徽无为，本名张德中。1949 年赴台，1951 年开始发表诗作。1954 年与友人创办"创世纪"诗社。后任职华欣文化事业中心，主编《中华文艺》月刊。曾获"创世纪"创刊 20 周年纪念奖、第四届世界诗人大会纪念奖牌等。出版诗集《紫的边陲》《上升的风景》《无调之歌》《张默自选集》《陋室赋》等，另出版诗论集等多种。

言子清，"红卫兵"，生平不详。

黄翔（1941—），湖南武冈人。1958 年在《山花》发表民歌体诗歌，1978 年办油印民间刊物《启蒙》，1997 年起旅居美国。主要诗文集有《狂饮不醉的兽形》《黄翔禁毁诗选》《总是寂寞——太阳屋手记之一》《非纪念碑———一个弱者的自画像》《我在黑暗中摇滚喧哗》《独自寂寞中的悄声细语》《裸隐体与大动脉》等。

绿原（1922—2009），1922 年生，湖北黄陂人。1941 年发表诗歌处女作，1942 年考入重庆复旦大学，出版第一本诗集《童话》。新中国成立后主要从事报刊编辑、国际宣传、外国文学出版编译等工作，曾任职《长江日报》社、中共中央宣传部等。1955 年受"胡风事件"牵连。1962 年起，在人民文学出版社工作。出版诗集《又是一个起点》《集合》《人之诗》《另一只歌》等，并有诗话集、散文集及翻译作品多种。

　　彭邦桢（1919—2003），湖北黄陂人。1938 年入成都中央军校（黄埔十六期），毕业后在云南为"飞虎队"服务，后随青年军赴印度远征军抗日。1949 年随军去台，1951 年开始发表诗作，1969 年退役。后赴美定居，曾任美国"诗歌资料中心主席"。2003 年于纽约去世。出版四卷本《彭邦桢文集》等。

　　张传镎，"红卫兵"，"文革"初期为南京中学学生，生平不详。

　　林焕彰（1939—），生于台湾宜兰。1960 年代初开始发表作品。1965 年加入"笠"诗社，1971 年与友人另组"龙族"诗社。曾任《布谷鸟儿童诗学季刊》总编辑、台湾《联合报》副刊编辑等，于儿童诗用力颇多。出版诗集《牧云初集》《斑鸠与陷阱》《童年的梦》《公路边的树》《现实的告白》《林焕彰诗选》《林焕彰儿童诗选》等，另有童话故事、诗论集等多种。曾获中山文艺创作奖、中兴文艺奖、冰心儿童图书新作奖等。

　　舒巷城（1921—1999），生于香港，原籍广东惠阳，本名王深泉，笔名王烙、秦西宁、邱江海、舒文朗等。1942 至 1947 年在中国内地辗转，1948 年返港后任职商行、建筑公司、教育机构等，业余从事文学创作。1969 年游历欧洲，1977 年参加美国艾奥瓦大学"国际写作计划"。出版诗集《我的抒情诗》《回声集》《都市诗抄》等，并出版小说集、散文集等多种。

　　朱英诞（1913—1983），生于天津，祖籍江苏如皋，本名朱仁健，字岂梦，号英诞。1928 年开始做新诗，30 年代步入诗坛，40 年代在北京大学文学院任教，主讲新诗。1948 年后任教于开滦中学、北京中学，并转入古典文学研究。有诗集《无题之秋》《朱英诞诗全集》《小园集》《花下集》《冬叶冬花集》等，并出版《朱英诞诗文选》《新诗讲稿》《李长吉评传》等。

杨牧（1940—），台湾花莲人，本命王靖献。台湾东海大学外文系学士、艾奥瓦大学艺术硕士、伯克利加州大学比较文学博士。长期任教于华盛顿大学，曾任香港科技大学教授、台湾东华大学文学院院长、"中央研究院"文哲所所长、台湾政治大学讲座教授等。出版诗集《水之湄》《花季》《瓶中稿》《北斗行》《禁忌的游戏》《杨牧诗集》《介壳虫》等。

赵哲（1948—），女，1968 年高中毕业于北大附中，1969 年赴河北白洋淀插队，1972 年回北京。其诗歌创作主要在插队期间，后为医生。

牟敦白（1947—），祖籍山东，先后毕业于北京育才小学、一〇一中学、天津大学。1960 年代初开始写作，曾参与郭世英发起的"X 诗社"。60 年代后期赴黑龙江生产建设兵团务农十年。后为土木工程师。

蔡其矫（1918—2007），福建晋江人。幼年随家人侨居印尼，11 岁回国，中学时开始写诗。50 年代初任教于中央文学讲习所，1959 年回福建为专业作家。出版诗集《回声集》《涛声集》《回声续集》《祈求》《双虹集》《生活的歌》《蔡其矫诗选》《蔡其矫诗歌回廊（1－8 卷）》等。

纪弦（1913—2013），生于河北清苑，祖籍陕西秦县，本名路逾。1929 年以"路易士"笔名开始写诗，1933 年毕业于苏州美专。1945 年改用"纪弦"笔名，1948 年赴台任教于中学至退休，1956 年成立"现代派"，1976 年赴美定居。出版诗集《摘星的少年》《饮者诗抄》《纪弦自选集》《晚景》《半岛之歌》《宇宙诗抄》《纪弦诗拔萃》等。

碧果（1932—），河北永清人，本名姜海洲。曾在台湾任军职。"诗宗社"成员、《创世纪》诗社社务委员，曾任"创世纪"

社长等。出版诗集《秋·看这个人》《碧果人生》《一个心跳的午后》《爱的语码》《碧果的诗》等，并出版个人合集《碧果自选集》及小说、散文集等数种。

牛汉（1923—2013），生于山西定襄，蒙古族，本名史承汉、史成汉，曾用笔名谷风。1940 年开始发表诗歌作品，1943 年就读西北大学，1946 年因参加学生运动被捕，1955 年受"胡风事件"牵连。1954 年起长期在人民文学出版社工作，曾任《新文学史料》主编、《中国》执行副主编等。出版诗集《彩色的生活》《祖国》《爱与歌》《温泉》《沉默的悬崖》《牛汉诗选》《牛汉诗文集》等。

屠林明，1970 年代初为上海"奉贤县齐贤公社"社员，生平不详。

田永昌，1970 年代初于东海舰队服役，生平不详。

郭小川（1919—1976），河北丰宁人，本名郭恩大。1937 年到延安，1941 至 1945 年在延安马列学院学习。新中国成立后，曾任中国作协书记处书记、《诗刊》编委、《人民日报》特约记者等职。1970 年初被下放到湖北咸宁五七干校劳动锻炼。出版诗集《投入火热的斗争》《致青年公民》《雪与山谷》《月下集》《郭小川诗选》等，并有 12 卷本《郭小川全集》。

周陲（1949—），女，1968 年高中毕业于北大附中，1969 年赴河北白洋淀插队，1976 年回京。其诗歌创作主要在白洋淀插队期间。

曾卓（1922—2002），湖北黄陂人，本名曾庆冠。1939 年开始发表作品，1947 年毕业于中央大学历史系。历任汉口大刚报社副刊《大江》主编、《大刚报》副总编辑、长江日报社副社长、武汉市文联副主席等。《老水手的歌》获全国第二届诗集奖。出版诗集《门》《悬崖边的树》《给少年们的诗》《曾卓抒情诗选》等，并出版诗论集、散文集等多种。

辛郁（1933—2015），浙江慈溪人，本名宓世森。1948 年参加国民党青年军，1950 年随军赴台，1969 年退役。1950 年代开始发表作品，先入"蓝星"诗社，后成为"创世纪"诗社重要成员，曾任社长、总编辑等。出版诗集《军曹手记》《豹》《因海之死》《在那张冷脸背后》《辛郁世纪诗选》等，另出版小说、散文集等数种。

舒婷（1952—），女，生于福建石码镇，本名龚佩瑜。1969 年下乡插队，1972 年返城当工人。1971 年开始写作，1979 年在《今天》及《诗刊》等发表诗作，1980 年至福建省文联工作从事专业写作。曾获全国中青年优秀诗歌作品奖、全国首届新诗优秀诗集奖、庄重文文学奖等。出版诗集《双桅船》《舒婷、顾城抒情诗选》《会唱歌的鸢尾花》《始祖鸟》《舒婷的诗》《致橡树》等，并出版散文集、个人文集等多种。

李发模（1949—），贵州绥阳人，笔名漠漠、魔公等。1966 年开始发表作品。1971 年参加工作，历任绥阳县文化馆馆员、遵义地区文化局创作员、遵义市文联主席、贵州省作协副主席等。1988 年毕业于北京大学中文系作家班。出版诗集《呼声》《偷来的正午》《魂啸》《散淡之吟》《第三只眼睛》《李发模诗选》《李发模叙事诗选》等，并出版散文及评论集等多部。

陆萍，1970 年代初为上海国棉二厂工人，生平不详。

周银宝，1970 年代初为上海新风造纸厂工人，生平不详。

黄亚洲（1949—），浙江杭州人。1970 年至 1975 年任浙江生产建设兵团班长、宣传干事。后任工厂秘书、杂志编辑等，1983 年到杭州大学中文系读书。后任浙江嘉兴作协主席、浙江省作协副主席、中国作协副主席、全国人大代表等。1970 年开始诗歌创作，出版诗集《无病呻吟》《磕磕绊绊经纬线》《父亲，父亲》等，诗集《行吟长征路》获第四届鲁迅文学奖全国优秀诗歌奖。

陈未根，1970 年代初为浙江桐庐汽车发动机厂工人，生平不详。

郭小林（1946—），原籍河北丰宁。1960 年入北京男二中，次年转北京景山学校。1964 年初中毕业赴北大荒垦荒 12 年，其间写有一定数量的诗歌作品。1976 年转调河南林县任中学教师。1981 年回京，任《中国作家》编辑。

羊令野（1923—1994），生于安徽泾县，本名黄仲琮。早年入军界，1950 年到台湾，曾主持《前进报》，1968 年任"全军文艺工作队"诗歌队队长，1975 年退役。1956 年与友人创办《南北笛》诗刊，1970 年与诗友筹组"诗宗社"，后发行《雪之脸》等丛书型诗刊数期。出版诗集《血的告示》《贝叶》等，并有散文集、评论集等数种。

陈秀喜（1921—1991），女，台湾新竹人。15 岁开始用日文写诗、短歌、俳句，后改习中文。1968 年加入"笠"诗社，1971 年起任社长。出版诗集《覆叶》《树的哀乐》《灶》《岭顶静观》《陈秀喜诗集》等。

根子（1951—），生于北京，本名岳重。1967 年初中毕业于北京三中，1969 年初赴河北白洋淀插队，1972 年入中央乐团。1971 至 1972 年写作长诗八首，目前仅存世三首。1990 年赴美学习声乐，获硕士学位。后定居美国。

芒克（1950—），生于沈阳，本名姜世伟。1956 年全家迁居北京，1969 年到河北白洋淀插队，1976 年回京，进北京造纸一厂，1980 年被除名，后做多种临时性工作。1978 年底与友人共同创办文学刊物《今天》，并油印出版第一本诗集《心事》。21 世纪后亦从事油画创作。出版诗集《阳光中的向日葵》《芒克诗选》《没有时间的时间》《今天是哪一天》《芒克的诗》等，另有长篇小说、随笔集等数种。

依群（1947—），本名齐云，"文革"初期为北京五中学生，后插队，1970 年代初开始写诗。

林莽（1949—），生于河北徐水，本名张建中。1968 年高中毕业于北京 41 中，1969 年赴河北白洋淀插队，"白洋淀诗歌群落"代表诗人之一，1975 年回京。曾在北京 87 中学和北京经济学院任教，1992 年到中国作协中华文学基金会工作，1998 年到诗刊社工作，2005 年起任《诗探索·作品卷》主编。出版诗集《我流过这片土地》《林莽的诗》《永恒的瞬间》《林莽诗选》等，另有诗文合集、随笔集等数种。

曾新泉，江西人，生平不详。

雁翼（1927—2009），河北馆陶人，本名颜洪林。1942 年参加八路军，在部队历任通讯员、警卫员、通讯班长、政治指导员、文工团团长等职，1949 年开始写诗，1956 年后调作协重庆分会从事专业创作，历任作协重庆分会理事、《奔腾》月刊副主编、《四川文艺》负责人等。出版诗集《大巴山的早晨》《在云彩上面》《黑山之歌》《江海行》《雁翼诗选》等，并出版诗论、小说、散文、剧本等多部。

叶文福（1944—），生于湖北蒲圻，曾用笔名叶蛮、蛮牛、莽石等。师范毕业后当过小学教师，1964 年入伍，1968 年开始诗歌创作。1972 年在《解放军报》和《解放军文艺》上发表诗歌，1978 年出版第一本诗集《山恋》。其作品在"新时期"之初曾引起巨大反响。作品多次获奖，出版诗集《天鹅之死》《苦恋与墓碑》《雄性的太阳》《牛号》等。

曾凡华（1947—），湖南溆浦人。1968 年应征入伍，历任《解放军报》编辑、主任编辑，文化部副主任、主任，大校军衔。1969年开始发表作品，1985 年加入中国作家协会。出版诗集《洞庭军号》《辽远的地平线》《士兵的维纳斯》等，另有散文集、散文诗集、长篇报告文学、长篇小说等多部，曾获中宣部"五个一"工程奖、第三届中国人民解放军文艺奖等，现为中国诗歌学会副会长。

宁哈，彝族，生平不详。

李章新，1970 年代前期为贵州工人，生平不详。

纪学，1970 年代前期在部队服役，生平不详。

北岛（1949—），生于北京，祖籍浙江湖州，本名赵振开，另用笔名石默、艾珊等。1968 年高中毕业，进入建筑公司当工人。1970 年代初开始写诗，1978 年与友人创办民间刊物《今天》。1989年移居海外，2007 年任香港中文大学教授。曾获瑞典笔会文学奖、美国西部笔会中心自由写作奖、古根海姆奖等。出版诗集《陌生的海滩》《在天涯》《午夜歌手》《北岛诗选》《北岛诗歌集》等，并有散文集、小说集等数种。

多多（1951—），生于北京，本名粟世征。1969 年到河北白洋淀插队，1976 年回京，后到《农民日报》工作。1972 年开始写诗，被认为是"朦胧诗"代表性诗人。1989 年出国，旅居荷兰，2004 年回国后被聘为海南大学人文传播学院教授。其作品多次获国内奖项，2010 年获纽斯塔特国际文学奖。出版诗集《行礼：诗38 首》《里程：多多诗选 1973—1988》《阿姆斯特丹的河流》《多多诗选》《多多四十年诗选》等。

吴晟（1944—），生于台湾彰化，本名吴胜雄。1962 年开始发表诗作，1970 年毕业于台湾屏东农专，后回乡担任中学生物教师，在教学、写作的同时仍参与务农。出版诗集《吾乡印象》《泥土》《飘摇集》《向孩子说》等，另出版散文集《农妇》等多部。

李瑛（1926—2019），河北丰润人。1949 年毕业于北京大学中文系。先后任记者、编辑、解放军文艺出版社社长、总政文化部部长、中国文联副主席等职。1942 年开始发表作品，出版诗集《天安门上的红灯》《枣林村集》《红花满山》《春的笑容》等数十部。《我骄傲，我是一棵树》获全国首届优秀诗集奖一等奖、《春的笑容》获全国第二届优秀诗集奖、《生命是一片叶子》获 1998 年鲁迅文学奖诗歌奖等。

雷抒雁（1942—2013），陕西泾阳人。1967 年毕业于西北大学中文系。1970 年入伍任宣传干事，1972 年调《解放军文艺》任诗歌编辑，1982 年转业，后历任工人日报社文艺部副主任、主任，诗刊社副主编，鲁迅文学院常务副院长等。作品多次获奖，2012 年任中国诗歌学会会长。出版诗集《沙海军歌》《漫长的边境线》《绿色的交响乐》《跨世纪的桥》《时间在惊醒》《小草在歌唱》等，并有散文随笔集数种。

翟辰恩，1970 年代前期为宁夏农民，生平不详。

韩作荣（1947—2013），黑龙江海伦人，笔名何安。1968 至 1977 年历任工人，解放军工程兵战士、排长，师政治部干事。转业后任《诗刊》编辑，《人民文学》编辑、副主任、主任、副主编、主编。诗作曾获北京文学奖、解放军文艺优秀作品奖、鲁迅文学奖等。出版诗集《万山军号鸣》《北方抒情诗》《静静的白桦林》《雪季·梦与情歌》《瞬间的野菊》《韩作荣自选诗》等，另有诗论集、随笔集、报告文学集等多种。

敻虹（1940—），女，台湾台东人，原名胡梅子，曾用笔名胡筠。台湾师范大学艺术学系毕业、台湾文化大学印度文化研究所硕士、台湾东海大学哲学研究所博士，曾任中小学教师及大学助教、讲师、副教授等，曾在美国加州西来大学任教授及校长助理。"蓝星诗社"成员。出版诗集《金蛹》《夐虹诗集》《红珊瑚》《爱结》等，另有童诗集《稻草人》等。

谢克强（1947—），湖北黄冈人。1968 年入伍，历任战士、排长、师政治部宣传文化干事，1986 年毕业于华中师范大学中文系。后任《长江》文学丛刊编辑、《长江文艺》副主编，湖北省作协秘书长、驻会副主席等。1972 年开始发表作品。出版诗集《放歌山水间》《黑眼睛的少女》《青春雕像》《孤旅》《谢克强自选集》等，另有散文诗集、散文集、报告文学集等多种。

张永枚（1932—），四川万县人，号实若，笔名黄桷树等。1950 年四川省立师范学校肄业、参军，后参加抗美援朝战争，在军队历任文化干部、政治部创作员等。出版诗集《新春》《海边的诗》《南海渔歌》《骑马挎枪走天下》《螺号》等，并出版剧本、长篇小说、散文等数种。

格桑多杰，青海人，藏族，生平不详。

史庆云，1970 年代初为青海工人，生平不详。

罗青（1948—），生于湖南湘潭，本名罗青哲。1969 年开始文学创作，1973 年毕业于台湾辅仁大学英文系，后赴美留学，获华盛顿州立大学比较文学硕士学位。1976 年创办《草根》诗刊。引入后现代主义，倡导前卫诗学，创作"武侠诗""科幻诗""录影诗"等。出版诗集《吃西瓜的方法》《飞跃与超越》《神州豪侠传》《捉贼记》《水稻之歌》等，另有文论集等数种。

颜镇，1970 年代前期为江苏省溧阳县插队知青，生平不详。

保纪才，1970 年代前期为江苏省海安县插队知青，生平不详。

桑恒昌（1941—），山东德州人。1961 年高中毕业后入军事学院学习，1963 年开始发表作品。退役后历任《山东文学》诗歌编辑、《黄河诗报》社长兼主编等。出版诗集《光，是五颜六色的》《低垂的太阳》《桑恒昌怀亲诗》《桑恒昌抒情诗选》等。

灰娃（1927—），女，陕西临潼人，本名理召。1955 年入北京大学俄文系读书。1960 年到北京编译社工作，后因病提前离休。1970 年代初开始写诗。出版诗集《野鬼》《山鬼故家》等。

鲁双芹（1953—），女，生于北京。1960 至 1966 年在北京铁路十小读小学，1966 至 1969 年就读铁路一中。1969 年赴黑龙江插队，两年后回京。组织、参与"文革"期间北京的青年诗歌、艺术交流活动并开始诗歌创作。其作品今多散佚，仅余数首。

宋海泉（1949—），祖籍河南。1966 年高中毕业于清华附中。1969 至 1975 年在河北白洋淀插队，其间开始诗歌创作。后在北师大二附中工作。

杨桦（1948—），1967 年高中毕业于京工附中，1969 年赴河北白洋淀插队，1973 年回京。后从事翻译工作。

顾工（1928—），上海人。1945 年参加新四军，在军队从事宣传工作。后任八一电影制片厂编剧、《解放军报》记者等。出版诗集《喜马拉雅山下》《这是成熟的季节啊》《火的喷泉》等，另有小说集、散文集、童话集等多种。

张寥寥（1952—），生于北京，其父为著名画家张仃。"文革"前开始文学创作，1969 至 1976 年在山西插队。"文革"期间及之后办手抄杂志《桥》等。从事多种文体写作，画家，出版《寥寥诗画》等。

魏文中，1970 年代中期天津小靳庄"老贫农"，生平不详。

江河（1949—），生于北京，本名于友泽。1968 年高中毕业，1970 年代在北京胶丸厂工作，"文革"中后期开始诗歌创作。1980

年代中期后移居海外，长期居美。1980 年，诗集《从这里开始》作为《今天》丛书之一种油印刊行。出版诗集《从这里开始》《太阳和他的反光》等。

向明（1929—），湖南长沙人，原名董平。毕业于台湾空军电子学校和美国空军通信电子学校，后为电子学工程师。1953 年开始创作新诗，并多次获奖。1955 年后成为"蓝星"诗社成员，先后任《蓝星季刊》《蓝星诗页》主编。出版诗集《雨天书》《狼烟》《五弦琴》《青春的脸》等，另有童话集《香味口袋》《糖果树》等。

程步涛（1946—），河北广宗人。1963 年入伍，历任原济南军区守备一师三团战士、排长、干事、股长，《解放军文艺》编辑，《昆仑》编辑部主任，解放军文艺出版社社长等。1972 年开始发表作品，曾获 1984 年《昆仑》优秀作品奖、1996 年《解放军文艺》奖等。出版诗集《爱·生·死》《笑容在黎明前凝固》《乡思》《鹰群》等。

白西麒，1970 年代中期为洛阳东方红拖拉机厂工人，生平不详。

非马（1936—），生于台湾台中，祖籍广东潮阳，本名马为义。1948 年赴台，1961 年赴美留学，获机械硕士与核物理博士学位，后长期在美工作。出版诗集《非马诗选》《白马集》《非马集》《笃笃有声的马蹄》《非马短诗精选》《非马自选集》等。

郑文科，1970 年代中期为哈尔滨伟建机器厂工人，生平不详。

穆旦（1918—1977），生于天津，原籍浙江海宁，本名查良铮，亦用笔名梁真等。在南开中学求学期间开始写诗。1935 年就读于清华大学外文系。抗日战争开始后随校南迁至昆明。1940 年毕业于西南联大。1948 年夏赴美国芝加哥大学英国文学系学习，

1952 年获硕士学位。后回国任教于南开大学外文系，受政治运动冲击。1977 年初因心脏病突发去世。"九叶"派代表性诗人。出版诗集《探险队》《穆旦诗集》《旗》《穆旦诗文集》等，翻译普希金、拜伦、雪莱、济慈、别林斯基等人的诗作和文论多种。

章德益（1946—），浙江吴县（今浙江湖州）人。1964 年高中毕业后参加新疆生产建设兵团，历任农工、宣传队创作员、教师。1980 年任《新疆文学》诗歌编辑，1981 年调任作协新疆分会专业创作员。1972 年开始发表作品。出版诗集《大汗歌》（合作）、《大漠与我》、《西部太阳》、《黑色戈壁石》等。为新时期"新边塞派"代表作家之一。

时永福（1947—），山西清徐人，高中毕业后应征入伍，历任战士、班长、新闻干事等。出版诗集《我爱高原》《塞上歌》《西出阳关》《志气歌》《时永福抒情诗》《时永福朗诵诗》等。

方含（1951—），生于北京，本名孙康。北京 35 中 1967 届初中毕业生，1968 年赴河北白洋淀插队，1974 年回京。曾在《今天》杂志发表诗作。返城后在北京电焊机厂工作。

向阳（1955—），台湾南投人，本名林淇瀁。台湾文化大学日文系毕业。长期在媒体工作，1980 年后在《中国时报》《自立晚报》《自立早报》担任副刊主编及总主笔等职务。文化大学新闻研究所硕士、台湾政治大学新闻研究所博士。任教于台中静宜大学、淡水真理大学、台北教育大学等。出版诗集《银杏的仰望》《种籽》《十行集》《四季》《土地的歌》《岁月》《心事》《乱》等，并有学术论著、散文集、时评集、译著等多种。

王先，1970 年代中期为天津宝坻小靳庄村党支部委员，生平不详。

钟鼎文（1914—2012），生于安徽舒城，本名钟庆衍，号国藩，笔名番草等。曾任上海复旦大学教授、《联合报》《自立晚报》主笔、台北市民营报业联谊会秘书长等。"蓝星"诗社发起人之一。曾获中山文艺奖、国际桂冠诗人奖、第三届世界诗人大会杰出诗人奖等。出版诗集《三年》《行吟者》《山河诗抄》《白色的花束》《雨季》等，另有诗论集等出版。

贺敬之（1924—），山东枣庄人。1942 年毕业于延安鲁艺文学系。历任鲁艺文工团创作组成员、华北联大文学院教师、中央戏剧学院创作室主任、《人民日报》文艺部副主任、文化部副部长、中共中央宣传部副部长、文化部代部长等。1940 年代开始发表作品。出版诗集《朝阳花开》《放歌集》《回答今日的世界》《贺敬之诗选》等，另出版有评论集《贺敬之文艺论集》《贺敬之谈诗》及六卷本《贺敬之文集》等多种。